JN318320

新潮文庫

乙女なげやり

三浦しをん著

新潮社版

8509

乙女なげやり　目次

三章　乙女たぎる血

乙女なげやり

Maidens go Negligent
by
Shion Miura

Copyright ©2004, 2008 by
Shion Miura
First published 2004 in Japan by Ohta Publishing Company
This edition is published 2008 in Japan by Shinchosha
with direct arrangement by Boiled Eggs Ltd.

まえがき――「早乙女《さおとめ》君、じっくりと取り組んでみたまえ」

　これは、愛と感動の日常エッセイである。というのは嘘《うそ》である。ヘッポコな我が日常をつづったエッセイなので、頑固な便秘と闘う便所の中などで、お気軽にお読みいただければと思う。脱力して便意を喪失するか、笑いとともに腸内が活性化されるか、どちらに転ぶかはわからない。どっちにしても、この本とともに楽しい時間を過ごしていただけたら幸いである。

　などと、硬派っぽい文章でまえがきをはじめてみたけれど、本のタイトルがすべてを裏切っている。なんたって、『乙女なげやり』。単行本の刊行時に、担当編集者のかたが章タイトルの候補として考えてくださったものなのだが、私が横から、「あ、それいいッスね。それを全体のタイトルにしましょう！」と分捕ったのだ。

　しかし、いまになって少し不安になってきた。

たしかに、本の内容を的確に象徴した、いいタイトルである。特に「なげやり」って言葉にひそむ、勢いのある脱力感がピッタリだ。だが、「乙女」部分は？　はたして、ひとはいつまで「乙女」を自称しても許されるものなのか。

なんだか経歴詐称《さしょう》しているような居心地の悪さが、私を襲う。とは言っても、「乙女」部分を取って、単に『なげやり』というタイトルにするわけにもいかないではないか。『なげやり』。……あら、悪くないわね。フランス映画かギリシャ悲劇かっていうムードがあるじゃない。

いやいや、だめだめ。やっぱり「乙女」と「なげやり」が合体してこそ、妙ちくりんなおかしみがうまれるのよ。

私は、「乙女」という言葉を自分にどう納得させるかに、心血を注いだ。そして、ついに思い当たった。

そうだ、早乙女君がいるじゃないか！（早乙女君はべつに、知りあいでもなんでもない）

「早乙女」という名字がありますよね。早乙女さんは、五十歳になっても六十歳になっても、「早乙女」さんのままなのだ。たとえ、脂《あぶら》ぎった布袋腹《ほていばら》のおっさんであっても、早乙女さんは「早乙女」を自称する。

よかった、やっぱり「乙女」って、いくつになっても自称していいものなんだ。

というわけで、自信をもって言う。

この本は、『乙女なげやり』というヘタレ日常エッセイです。どうぞお楽しみください。

各章の最後には、「なげやり人生相談」というコーナーが設けられている。

本当は、この本を読んでくださったかたから「お悩み」を募集し、それにお答えしようと思っていた。しかしよく考えると（ていうか、よく考えるまでもなく）、その形式だと出版時には、「なげやり人生相談」コーナーはただの空白ページになってしまう。読者のかたは、自分の悩みを空白ページにつづり、送料自己負担で著者に送る。著者（私）は、悩みに対する答えをページの余白につづり、送料自己負担で読者に返送する。これじゃあ、あまりにも効率が悪い。

そこで、「なげやり人生相談」コーナーでは、あらかじめ「こういうお悩みが寄せられるじゃろう」というものを想定し、その悩みに対して答える、という形を採用した。つまり、自作自演の人生相談。むなしくなどない。むなしくなんかないったら。一つでも、「俺が抱えていた悩みと同じだ！　そして、この回答はなんてすばらしいのだろう。霧が晴れたような気がする」と思っていただけるものがあればと願う

（たぶん、ないと思うが……）。明日《あす》への指標として活用していただきたい。

ちなみに私、自作自演で「人生相談」しようにも、自分にろくな悩みがなくて困ってしまいました。「体重が増えた」とか「漫画を買いすぎて金欠」とか。「意志を鍛えろ」の一言で回答が終わってしまうような悩みばかり。ろくでもない悩みしかない己れを知ることができ、「ひとに言えるような悩みを持とう」という明日の目標を得た。

「ひとに言えないような悩み」としては、「男運がない」ことが挙げられる。とてもひとには言えない（ていうか言いたくない）のだが、「いい」とか「悪い」とかを超えて、男運そのものが存在していないのだ。まるで、男性という生き物のいない地球に暮らしているかのようだ。どうしたらいいでしょう?

むなしさに耐えるべく意志を鍛えろ。あと、顔は洗え。

それでは、だらだらまったりおくつろぎくださいー。

一章　乙女寄り道

意志を鍛える

ふぅ、仕事も一段落したし、久しぶりに風呂《ふろ》に入るかな。と思い、着替えを居間にある小机に乗せて、とりあえずその前に、と朝ご飯を食べていた。そうしたら出かけるらしい弟が起きてきて、自分の鞄《かばん》をその小机に乗せるついでに、私のパンツをペイッと床に落とす。

「ちょっと、なにすんのよ!」

「こんな目に触れるところに、汚ねえパンツ置くな」

「汚くなんかない!　ちゃんと洗濯してあるもん」

「とにかく、パンツを朝っぱらから居間に置くな。そしてこれ!」

弟は床に落ちた私のパンツをビシリと指した。「今日みたいに暖かい日に、紺パンまで穿《は》くのもよせ!」

「なんでさ!」

私は弟から理不尽な扱いを受けた二枚のパンツ（一枚は普通の。もう一枚は紺パン）を拾って、小机にきちんと置き直す。「私は真夏でも紺パン着用派だよ。これがないと腹が冷えるからな」

「おまえというやつは……」

弟は何か言いたそうだったが、「まあいい。もうどうでもいい」と茶碗《ちゃわん》にご飯をよそって食べはじめた。並んで食卓に向かい、しばらくは黙々と食べる。

ふいに弟が、「そうだ、これ知ってるか？」と箸《はし》を置いた。そして、「静かに！」と言うときのジェスチャーのように、人差し指の先を鼻先に、指の根元を顎《あご》に当ててみせる。

「なになに？」

私も食べるのを中断し、突然わけのわからない仕草をしてみせる弟を見た。弟は「シーッ」のポーズのまま説明した。

「友だちに聞いたんだけど、こうやって人差し指を鼻から顎にかけて当ててみて、指に唇がくっつかないのは、『いい顔』らしい」

私は指を当てて得意気に横顔をさらす弟をまじまじと検分する。

「ああっ。全然指に唇がくっついてない！」

「ふふふ……」

「やなやつねえ、あんた。なに、自分の鼻は高いとでも自慢してるわけ？　私だって、おりゃ！」

さっそく、鼻から顎にかけて指を当ててみる。「ぎゃ、ばっちり唇に指がくっつく！」

「ふぁふぁふぁふぁ」

弟は勝ち誇った笑い声をあげると、また飯を食べはじめた。私は諦《あきら》めきれず、指の角度をいろいろ調整してみたのだが、やっぱりどうしたって唇がくっついてしまう。

「おっかしいわねえ。あんたも私も製造元は同じなはずなのに。しかも私たちどっちも、扁平《へんぺい》な顔してるのに。なんでこんな違いが生まれるのかしら？」

「美醜を決めるのは素材のバランスということだな」

「『醜』ってのは、だれのことを言ってるのかね」

私が躍起になって箸を顔に当ててだしたのを見て（しかし、指より細い箸でも、やはり唇はついてしまうのだった）、弟は態度を一転し、「まあまあ」となだめてきた。

「『いい顔』っつっても、どう『いい顔』なのか、なんの根拠もないわけだし」

「フッ、慰めはいらねえっすよ。あーあ、朝から釈然としないったら」

「一つだけはっきりしてることがある。『いい顔』かそうじゃないかは、さして問題じゃない。問題にすべきなのは、とっくの昔に成人した人間が、紺パンなんか穿いてちゃまずいだろ、ということだ」

「そこに戻るの！」

私は箸を顔から離した。「あんたもこだわるねえ。いい？　無敵の強さを誇るテツ（じゃりン子チエの父）も、腹巻きを外したらとたんに腹を下してヘロヘロになっちゃうんだよ？」

「おまえはまたそんなたとえを……」

弟は立ち上がり、歯を磨いて戻ってくると、鞄を手に取った。「少しは腹を鍛えろ。ていうか、精神を鍛えろ」

まことにごもっともで、と思いつつも、風呂に入った私は紺パンを着用したのだった。

せっかく風呂に入ったのに、どこへ行くわけでもなく漫画を読んでゴロゴロ過ごしていたのだが、夜になってすごくおもしろいテレビ番組に当たった。『ETVスペシャル　72年に一度の奇祭・茨城・金砂大祭礼』である。

茨城県の山の中にある金砂神社から、四十キロ離れた海辺まで御神輿《おみこし》を担《かつ》いでいき、また神社に戻る、という往復一週間ぐらいかかる祭りなのだが、これがなんと七十二年に一度しか行われない。だから、平安時代からやっている祭りなのに、今年でまだ十七回目。うーん、すごい。歴史があるんだかないんだか、微妙な祭りぶりだ。

通り道にあたる集落では人々が総出で準備し、華やかな行列となって御輿《みこし》は進む。行列に加わる人たちの装束は、これまでの時代を反映して、直衣《のうし》だったり侍姿だったり羽織袴《はかま》に帽子をかぶってたりする。それでいくと、現代の服装を代表して、列の最後には背広姿のサラリーマンが歩いていてもおかしくないが、さすがにそういう格好の人はいなかった。

なにしろ七十二年に一度だから、前回（昭和六年！）のお祭りの様子を覚えている人も少なくなっている。そのころは小学生だったおじいさんが、「猿の仮面をつけた人に頭を撫《な》でてもらった」とか、おばあさんが、「立派な山車《だし》に綺麗《きれい》な芸者さんがいっぱい乗っていて華やかだった」とか、興奮気味に記憶を語るのを見るのは、とても楽しい。七十二年に一度の祭りを、みんながどれだけ楽しみにし、待っていたかがよくわかる。最初は、「七十二年間も、祭りをやらなきゃいけないことをよく忘れずにいられるものだなあ。気がついたら開催すべき年から三年ぐらい過ぎちゃってて、『もういいや』と立ち消えに……、なんてことはないんだろうか」と思っていたのだが、やっぱり祭りってのは、そんなもんじゃないんですね。みんな大変な意気込みで準備し、当日に臨む。

もちろん、高齢化が進み若者が少なくなってしまってるので、アルバイトでかり出された全然関係ない学生たちもいる。衣装をつけてただ歩くだけでいいから、と日給一万円×七日で雇われたらしい。「簡単なバイトで収入もいいやと思ったんだけど、けっこうきついです」とのこと。そりゃそうだ。慣れない履き物で雨が降っても歩き続けなきゃならないのだ。しかし、そう言う彼らもなんだか楽しそうだった。

御輿に乗って神社から海まで往復するご神体はなんなのか、というと、これがなんと言い伝えによると「アワビの神さま」らしい。神社にはアワビの貝殻をかぶった五人の神さまが彫刻されている。ものすごく妙ちくりんである。御輿を待ち受ける海辺の村の漁師さんによると、「ここの浜から神さまが上陸したっつう話だ。このへんはアワビがよく採れる」そうだ。アワビの神さま。うーん、すごい。

これはぜひ、この目で見たい祭りだわ、と思ったのだが、なにしろ次は七十二年後。どう考えてもそれまで生きていられなさそう。ハレー彗星《すいせい》みたいにありがたくも貴重なお祭りなのだ。

この番組の前に、『世界ふしぎ発見！』で、イギリスのストーンヘンジの石は千年かけて少しずつ運ばれて組み立てられたものだ、と紹介していて、「ひえー、千年！　よくまあ忘れずに運び続けたものよ……」とびっくりしたのだが、この茨城のお祭りだって千年以上忘れずに行われているわけだ。考えてみれば、「これをやるぞ」と決意した人間の意志の前には、千年なんてちょろいものなのかもしれない。

まさに「持続する志」。地球規模や宇宙規模で考えれば、一人の人間が生きている時間なんてほんの一瞬だが、そのことに絶望したり投げやりになったりせずに日々を営んでいくコツみたいなものを、教えられた気がしたのだった。易《やす》きに流れて紺パンなんか穿いてていいのかしら、私。ま、穿きつづけるのもまた、志ということで。

立派な親不知《おやしらず》も待機中

奥歯を〜、削られたのさ、ガリガリと〜。

自作の歌をくちずさむ今日このごろです、こんにちは。「削られたのさ」の部分は、小刻みに一音ずつ区切って激しく歌うべし。「奥歯を」と「ガリガリと」の部分は、世の中にこんなに美しい旋律があったのか、と思うほどメロディアスに。

左下の奥歯に黒いポチポチを見つけた私は、大口を開けて鏡をのぞきこんでは思考停止し、しばらく間を置いてから、虫歯が消えてることを願ってまた鏡をのぞいてはため息をつき、ということを十五回ぐらい繰り返した。自分の不幸をしつこく確かめたい性格なのだ。で、ついに観念して、近所の歯医者で受付をしている友人Mちゃんに、ＳＯＳメールを打った。

「奥歯に虫歯ができちゃったみたいなの。十数年ぶりのことなので、激しく怯《おび》えています。Mちゃんの勤める歯科医院の歯医者さんは、どんな人かしら？」

Mちゃんからは、すぐに親切な返信がきた。

「私は今日は休みの日なんですけど、虫歯治療は早いほうがいいですよ（と、Mちゃんは病院の電話番号も書いてくれた）。うちの先生はイケメンです！」

……いや、そうじゃなくて。どんな顔かを聞いたのではなく。

実は、近所の歯医者がイケメン（しかもサーファー系）であることは、ご町内の噂《うわさ》になっていたので私も知っていた。肝心の腕前のほうがどうなのかを、内部事情に詳しいだろうMちゃんに聞きたかったのだが、まあいい。悪い噂は聞かないので、大丈夫だろう。イケメンに口の中を見られるなんて、これ以上の悲劇もそうはあるまい、と憂鬱《ゆううつ》になるが、背に腹はかえられない。私は意を決して予約を入れ、歯医者の戸を叩《たた》いた。

明るくて清潔な診療所。かわいい受付嬢たち。歯医者特有の消毒薬の臭《にお》いなどもあまりしない。ううーむ、十数年間歯医者から遠ざかっているうちに、この業界になにか革命でも起こったのか？（それまでの私の歯科医院のイメージとは、薄暗く、チュインチュインとうなる機材がいっぱいあって、歯医者はマスクで顔が見えないけどなんか陰鬱そう、というものだった）

待合室のソファ（おしゃれ）に座って問診票に記入していたら、奥から噂の先生が出てきた。わ、若い！ 私とほとんど変わらぬ年じゃないか？ 私は自分で自分のことは年とったと思うけれど、医者として個人医院を経営するには充分に若い年齢であろう（親の病院を継いだ、とかではなく、最近、自力で開業した歯科医院なのだ）。さらに、マスクをつけていないその顔は……、たしかにイケメンだ！ こんな小さな町で「イケメン」などと言っても、たかがしれてるだろうと思っていたのだが、全国レベルでもかなりイイ線いくイケメンぶりだ。

しかし私は、サーファー系イケメンを見てもあまりトキメキを感じないほうなので（なにしろムキムキしてて小汚い人が好みなので）、「ニヤリ」と邪悪に微笑《ほほえ》むにとどめる。

先生はさわやかな笑顔を浮かべ、

「今日はどうしました？（キラリ）」

と優しく聞いてきた。あ、まぶしい……。キラリってのは、先生の歯が白く光った音だ。これから先生のセリフを読む際には、お手数だが各自、文節ごとに「キラリ」を脳内でつけくわえていただきたい。

「奥歯が虫歯になったみたいなんです。黒くなってるのを発見してしまいました」

「そうですか（憂《うれ》いの表情）。痛みますか？」

「いえ、そんなには。ちょっと重い感じがするぐらいで」

「じゃあ、さっそく診てみましょう。三浦さん、歯医者はもしかして久しぶり？」

「（そんなに怯えが顔に出てたかしら……）はい。十年以上お世話になってません」

などという会話を交わしながら診察椅子《いす》へ。先生は先っぽに丸い鏡がついた棒で、私の口の中をしげしげと診る。

「わかりました。三浦さん、発見した虫歯というのは、右上の奥歯ですね！」

と、先生は自信に満ちあふれて断言した。

「え……違います。左下の奥歯です」

ぜんっぜん違う場所ではないか。私は呆然《ぼうぜん》とした。先生はしばしの沈黙の後、

「え？」ともう一度私の口の中を見、「あ、重い感じがするって、こっちのことだったの？　これなんてまだまだ小さいです。右上のほうがかなり深刻なことになってますよ」と言った。

「そんな大変なことになってるんですか」

私は不安になった。「上の奥歯は自分では見えなくて」

「痛くなかったですか？　ちっとも？」

「はい。全然」

私は痛覚が鈍いのであろうか。先生は、「うーん、神経まで行ってるかどうかの瀬《せ》戸《と》際《ぎわ》だと思ったんですが、もしかしてもう神経までイッちゃってるのかな」と首をかしげた。

とりあえずレントゲンを撮り、自分の顎《あご》の骨と歯を眺めながら、懇切丁寧な説明を受ける。神経は抜かなくていいが、かなり深く削らないといけないらしい。治療方針や、他の歯の問題点などもわかりやすく良心的に教えてくれるので、「もう、先生にこの身をすべて委《ゆだ》ねます!」って感じになった。

いよいよ治療に取りかかる。

「子どもや、久しぶりに歯医者に来る人は、最初が重要なんですよ。ここで『歯医者は痛くて怖い』というイメージが根付くと、足が遠のきがちになって、抜かなきゃならないところまで虫歯が進行したり、結局ご本人のために良くないことになってしまいますからね」

「ああー。私も、ちょっと歯が痛くても、『治るかも』と放置しがちです」

「虫歯は絶対、放っておいて治るということはありません」

と、先生はきっぱり。

じゃ、麻酔をしますね。ということになる。この麻酔が痛いんだよなぁ、と思いな

がらも、もう先生にすべてを捧《ささ》げる（え？）覚悟を決めたわけだから、神妙に口を開ける。先生は、

「はい、痛いのは最初だけですからね。あ、ごめんなさい、痛いですか？」

と声をかけながら麻酔を打ってくれるのだが、これがちっとも痛くないのだ！「え、入ってるの？もう入ってるの？」という感じ（このくだりを読み返すと、なんだかもっと親密なモニョモニョ場面を描写してるみたいだなあ……）。やはり私の痛覚が鈍いのかもしれないが、それ以上に、先生の腕前がいいのだろう。

麻酔が効くまで、しばらく診察椅子に寝っころがって待つ。その間も、医院をさまざまな人が訪れる。患者さんはもとより、ふらりと立ち寄るおばさんもいるのには驚いた。受付のほうから、

「センセ、私ハイキングに行ってきたんですよ。はいこれ、お土産」

「うわあ、こんなに沢山いいんですか？（ガサガサとビニール袋の音。たぶん中身は、おばちゃんが採ってきたタケノコか山菜であろう）ありがとうございます、いただきます」

などというやりとりが聞こえてくる。そうか、この先生はご町内のアイドルだったのか。さもあろう、と診察椅子で一人うなずく私（サーファー系は好みと違う、など

と言っておきながら、もう懐柔《かいじゅう》〔？〕されてる始末……）。

痛みのないまま奥歯を削ってもらい、型をとって本日の診療はおしまい。

「はい、口をすすいでください」

と言われたのだが、私は麻酔でしびれてたもんだから、口からダラダラと水をこぼしてしまった。先生は「あっ！」と即座にティッシュペーパーを取って当ててくれる。すいません、初対面のイケメンによだれを拭《ぬぐ》わせたりして……。

結論。先生はとっても親切で腕がいいので、みんなこの歯医者に行くべし！

その日の夜に、友人ジャイ子に久しぶりの歯医者体験の顚末《てんまつ》を話したら（「サーファー系イケメン歯医者」という存在があまりにも衝撃だったので、みんなにしゃべりちらしているのだ）、ジャイ子は言った。

「それは、顔はいいのに腕が悪い、なんて言われたら屈辱だもん。イケメンは何事に対しても人一倍努力すると思うよ」

なるほど！　かっこよく生まれつくというのも楽じゃないのだな。見た目がよく生まれついた人は、それを保つために努力するし、見かけだけと思われないように内面を磨いたり仕事に精を出したりすること、フツーの顔で生まれた人の何倍にもなることだろう。だからそういう人たちは、ますます輝きを増すのだなあ。納得、納得。

それでもやっぱり、歯医者通いはいやなものなので、私は今後、もっと歯磨きに精を出すことにする。

なめくじら的生活

「ゆうべは私の母親の夢見たな」

と祖母は言った。「でも（夢の中で）なにしとったかは忘れてしもた」

「楽しい夢だった？」

と私は聞く。

「そうな。悲しい夢ではなかったな」

私は、御年八十四歳である祖母の母親というのは、もし生きていたらはたして何歳になるのだろうと考え、いくつになっても母親の夢を見ることのある人間というものが、なんだかとても好きだなと思った。

私はいま、祖母の家に来ている。見渡すかぎり、というか、見渡すまでもなく周囲に緑の山々が迫り、というか、つまりはものすごい山の中の村なのである。すごく静かでいいところだ（朝の七時半に近所の人がフキのつくだ煮を持ってくるが。ありがたいけど眠いんだな、これが)。祖母と一緒に、私はのんびり暮らしている。

考えてみれば、祖母と私は六十歳ぐらい年が離れていて、しかもふだん一緒に暮らしていないわけだから、共通する話題なんてなにもないような気がする。ところが、二人でいるとものすごい勢いで語り合ってしまうのだ。たいがい私が、祖母が若かったころにはどんな避妊具だったのか、とか、どんな生理用品を使ってたのか、とか、村に同性愛の人はいなかったのか、とか、根ほり葉ほり聞きだしている。久しぶりにやってきた孫に、そんなことばかり聞かれる祖母は大迷惑だと思うが、それでもいろいろ思い出して、彼女は私の質問に答えてくれる。

「同性愛の人ちゅうのは、おらんかったと思うなあ」

と祖母。「こんな狭い村やで、隠そうちゅうて隠せるもんやなし、おらんかったんやろ」

「えー、ホントに？　どんな社会でも人口の一割は同性愛だ、って言うけど、じゃああれは嘘《うそ》なのかな」

「どうかなあ。女工さんの間では、そんなこともあったて聞いたことあるけどなあ」

「ほおぅ。男の人はどう？」

「男の人ではおらんかったと思うけどな。ちょっと女っぽい人はおったわ。結婚して子どもできはったけど。寄り合いとかでみんなでご飯を食べるやろ。そうするとその人、『おいしいやすなあ』ってシナ作って言わんすやて」

「その人、どんな風貌《ふうぼう》だったの？」

「どんなて、男らしい四角い顔してはったわ。それなのに女っぽい仕草に言葉づかいでな。その人の兄弟はみんな、男らしい四角い顔に男らしい仕草だったから、まあ、あれは本人の生まれ持った性質ちゅうか性格ってもんやろな」

「なるほどね」

他にも、「そんなシモの話はようせん」と渋る祖母をせっついて、当時の結婚生活についてなどをあれこれ聞き出してしまった。

私の祖父は酒飲みで、晩年には火炎放射器で誤って家を全焼させたぐらい破天荒な、愛すべきキャラクターだったので、祖母は苦労も多かったと思う。そのせいなのかどうなのか、私に対しても、

「結婚しろとは、よう言わん。結婚して苦労せんちゅうことはまったくないでな」

と言う。

「ありがとう。そう言ってもらうと私も気が楽だわ」

「オーストラリアちゅうのは、新婚旅行にはうってつけの場所らしいな」（←唐突な

話題転換)

なんだよ、おばあちゃん！　やっぱり私に結婚してほしいと思ってるのか！　本心がどこにあるのかいまいち読み切れない、刺激的な性格の祖母なのだ。

そんな祖母への手みやげに、私はファックス機能のついた電話を持参した。ふつうの電話機に比べたら格段に仰々しい機械を前に、祖母はややまごついていたが、私がこれまたせっついて、無理やり使い方を教える。

「そうそう、用件を書いた紙をそこに差しこむの」

「あれあれ、スルスルと入っていかんす！」

紙にまで敬語を使う祖母。すぐにファックスの使い方を覚え、「不思議なもんやなあ。用件を書いた紙がこっちに残るのに、向こうにも伝わってるんか。どういう仕組みなんやろ」としきりに不思議がる。私に仕組みを聞かれても困るので、「これはこういう機械だから」と納得させる。

「そうやな、仕組みのわからない出来事は世の中にいっぱいあるな」

と、祖母はあっさりとうなずく。「それにしても、昔は八十年生きたってファックスもパソコンもなかったけど、今の年寄りはいろいろ覚えなあかんことができてくる。長生きするちゅうのもホントにつらいな」

「使い方も覚えたし、大丈夫だよ、おばあちゃん。このファックスはもう、完全におばあちゃんの支配下にあるよ」

「うん、八十パーセントは覚えたな。でもすぐに、そのうちの六十パーセントは忘れるから、結局二十パーセントしか支配下に置けていないと思うな」

祖母はどこまでも冷静に自己分析した。

祖母の家の近辺では、ちょうど茶摘みが終わったころである。祖母の姪《めい》だという人から、電話がかかってきた。私はその人の顔がよく思い出せないのだが（そして先方も同様だと思うのだが）、「いつも読んでるよ」と言ってくれる。

「は、恐縮です。ありがとうございます」

「それで私も、なにかネタになるようなことはないかと考えたんやけど、なにもないんよ。風に揺れる茶畑の中で茶摘みをしていたら酔ってしまって、一日寝こんだちゅうことぐらいかな」

「茶畑で酔ったんですか！　いやあ、それはけっこうネタだと思いますけど」

「そう？　あはは、そんならよかったわ」

電話を切ってから祖母に聞いてみると、「茶摘みをしていて酔ったちゅう人は聞かんなあ。あの子は乗り物にも特別に弱いから」とのことであった。浜辺に寄せる波を見ていて酔うようなものだろうか。なかなか風流な酔い方だ、と祖母と二人で感心した。

祖母は膝《ひざ》を悪くしてから、立ち歩くのがつらいと言う。しかし食欲は旺盛《おうせい》で、そんな自分のことを「なめくじら」と命名している。のろのろと歩くことなめくじのごとし、ばくばくと食べることくじらのごとし、ということらしい。私も一日中、ちゃぶ台を挟んで祖母とおしゃべりし、食事だけは一人前以上採っているせいで、頬が重い。ちょっと前から友人にも、「あんた、顔がまん丸になってやばいよ！　痩《や》せなきゃ！」と言われるようになっていたのだが、祖母の家に来て顔がますます膨張した感がある。立派な「なめくじら」が一頭できあがり、だ。

しかし、時間が穏やかに流れるこの場所にいると、すべてに対して「まあいいか」という気分になってくる。順調に膨張しつつ、しばらく祖母の家で厄介になろうと思う。

村での出来事

祖母の家でごろごろしていたのだが、仕事の資料を発送する必要が出てきた。そこで、ちょうど町からやって来たおばの車に乗せてもらい、祖母とおばと一緒に郵便局までドライブすることにした。なにしろ、歩いていったら一時間以上かかるところにしか郵便局がないのだ。

そういえば、友人に誕生日カードを出したいと思ったのだが、祖母の家の近所を歩いても歩いても、郵便ポストが見つからなかった。ここに住む人たちはどうやって手紙を出しているのだ？　伝書鳩《でんしょばと》でも飼っているのか？　と不審に思って祖母に聞いてみたら、「橋を渡ったところにある」と言う。そんなところにポストは影も形もなかった。念のためポストの形状を問うてみると、「赤い郵便受けがついてる家がある」とのこと。なんと、一般家庭用の郵便受けを赤く塗って、それをポストとし、一日に一回、郵便配達の人が回収していくのだそうだ。ちなみにその赤い郵便受けの隣には青い郵便受けがあり、それがその家の人が新聞や手紙を受け取るためのものなのだ。出したい手紙を誤って青い郵便受けに入れてしまった場合は、その家の人が赤い郵便受けにそっと移しておいてくれるらしい。

で、車で郵便局まで行ったら、ゆうパック回収車はすでにその郵便局を出てしまったところだった。私は途方に暮れた。

「困ったわ……。明後日《あさって》までには絶対に先方に届いてほしいんです。明日の便で間に合うでしょうか」

窓口の女性は、

「そうなあ。一日で大丈夫だと思うけれど、絶対とは言い切れんなあ。今日出せていたら確実やったけれど」

と言う。私は手段を考えた。荷物をおばに持っていってもらって、町から宅配便で出してもらえばいい。宅配便なら確実に翌日配達してくれるはずだ。そこで、「じゃあけっこうです」と言おうとしたのだが、その時にはすでに、局員すべて（五、六人）が「なんだなんだ」と窓口に集結してしまっていた。

「なに、明後日必着？　そりゃいかん」

「おい、回収車の経路と到着時間調べろ」

小さな郵便局内はにわかに殺気立った。私は「あわわ」となったが、今さら「宅配便で出します」とは言えない雰囲気だ。

局員の人たちはすぐにゆうパック回収車の時刻表みたいなのを調べ、「お、隣の〇〇局なら、まだ間に合うやろ」と、嬉《うれ》しそうな声を上げた。

「すぐに〇〇局に電話だ！」

「合点《がってん》！　あ、もしもし。こちら××局やけど、あんたとこにゆうパックの回収車が来たら、ちょいと足止めしておいてほしいんや。うんうん、すぐ行くから」

なんだか大事《おおごと》になってきてしまった。「すぐ行く」って、私は〇〇局の場所も知らないのに……。口を挟む隙《すき》もないほど素早い事態の展開に、私はだらだら冷や汗を流した。どうしたらいいのだー！「宅配便」の一言が言えなかったばっかりにー！

そんな私をよそに、局員のおじさんは一番年下らしき若者に命じた。

「おい、おまえ！　もう帰れ。帰るついでに、〇〇局でこのお嬢さんの荷物を出してこい！」

「えええー！」

度肝《どぎも》を抜かれる若者と私。まだ四時半前なのに、上司から早退命令。しかも使いっぱしりとして。なんてアバウトなんだ。若者は、

「帰っちゃっていいんですか？」

と、おずおずと確認を取る。

「おう、いい、いい。いいけどおまえ、死んでも回収車に追いつけよ」

そんな無茶苦茶な。彼が峠道で事故でも起こし、あたら若い命を散らしでもしたら大変だと思い、私は必死に断ろうとした。

「あの、そこまでしていただかなくて結構ですから（宅配便という手段があるし）。もうホントに、こんな荷物、明後日届かなくてもオッケーですから（いやオッケーじゃないけど、宅配便があるし）」

しかし窓口に集結した局員たちは、

「あんた、遠慮することないんだよ」

「そうそう、こいつは○○局の近くに住んでるんだし」

「おい、こうしちゃいられない。おまえ、早く行け！」

と、どんどん話を進める。若者は、「はい、帰らせていただきます！　荷物は僕がきっと届けますから。じゃっ！」と、急いで建物から出ていった。窓の外を、若者の乗った車がものすごい勢いで疾走していくのが見えた。ご、ご無事で……！

呆然《ぼうぜん》としながら料金を払い、ヘコヘコとお礼を言って局を出る。

外に停めた車で待っていた祖母とおばは、ふらふらと歩み出てきた私を見て言った。

「どうしたの。遅かったな」

「いやあ、なんだかとんでもないことになって……」

私が顚末《てんまつ》を話すと、祖母とおばは「かまわん、かまわん」と笑った。

「その若者も早く家に帰れるし、あんたの荷物も期日どおりに届くし、いいことずくめや」

「そりゃそうかもしれないけどさあ。私はびっくりしたよ。ゆうパック回収車を追いかけてくれる郵便局員なんて、見たことなかったもん」

「ここの局の人は、みんな親切なんや」

さすがに、お年寄りが多く住む地域をフォローしている局のことだけある。ここまでのことをしてくれる郵便局は、なかなかあるまい、と私は深く感じ入った。

局員のみなさんの奮闘のおかげで、荷物は無事、期日どおりに着いた。ありがとうございます！　あの若者が車ごと谷に転落しなくてよかったよぅ。私は二重に安堵《あんど》の息をついた。

その後、私たちは少し離れた山の中にあるお寺を訪ねた。そこに墓があるわけではないのだが、昔からつきあいのある寺だそうで（関係がいろいろ複雑すぎて、聞いてもよく理解できん。とにかく知り合いだ、知り合い、と自分を納得させた）、祖母が久しぶりに挨拶《あいさつ》しに行きたいと言ったのだ。おばの運転する小さな車が、ものすごく細くて急な山道を登っていく。

「ねえ、ここは本当に車が通っていい道なの？」

「そうだと思うんやけど……、轍《わだち》の跡がうっすらあるし……」

それ、馬が引いた荷車の跡じゃないか？　そう思いたくなるほど緑深い山のてっぺんに、目指すお寺はあった。アニメの『まんが日本昔ばなし』でも、こんなものすごい場所にある寺は出てこなかった。

和尚《おしょう》さんが住んでるらしい木造家屋に向かって、「ごめんください」と声をかける。ややして奥でガタガタと物音がし、作務衣《さむえ》を着て頭を丸めたご老人（ものすごい痩身《そうしん》で背筋がぴんと伸びてる）が出てきた。

「はいはい」

彼は上がり端《はな》にきちんと正座する。祖母が名乗ると、「ああ、こりゃこりゃわざわざ。まま、上がってください」としきりに勧めてくれる。しかし、もう日が暮れそうだ。日が暮れてから、あの山道を戻るのは不可能だ。それで私たちは、「ちょっとご挨拶に寄っただけですから」と玄関先で立ち話をするに留めた。

祖母は和尚さんといろいろと昔の思い出話などをし、やがて、「和尚さんもくれぐれも体に気ぃつけて」と辞去しようとした。和尚さんは話し相手に飢えていたようで、すごく残念そうだった。なにしろ人もあまり訪れない山奥の寺で、娘さんと二人でひっそりと暮らしているのだ。わざわざ玄関から下りてきて、境内に停めてあった車の所まで見送ってくれる。

「じゃ、これで」

と本当に失礼しようとしたら、和尚さんは「おお、そうだ！」と私に言う。

「この切り株をご覧下さい。これは、平清盛公が植えたと言われる木です」

ちょっと眉《まゆ》つばだと思ったが、たしかに見事な古い切り株がある。

「へえぇ、すごいですね」

「しかし雷で倒れました」

「それは残念です」

祖母とおばは、もう車に乗りこんでいる。ちょっとちょっと、助けてくれ、と思ったが、二人とも知らん顔だ。和尚さんの話題は、なぜだか楠木正成《くすのきまさしげ》に移っている。

「正成公は、戦の後に敵方の兵士の遺体も手厚く葬《ほうむ》りました。不幸なことに戦いはしたが、戦が終われば敵も味方もない、と。そのため、敵方だった者たちとも、比較的うまくやっていくことができました」

「なるほど」

「ときにあなた、靖国《やすくに》神社についてはどう思いますか」

えっ。いきなり微妙な話題である。「そうですねえ」とたじろいでいると、和尚さんはしゃきしゃきと言葉を続けた。

「あれはまずい。中国や韓国の人たちが文句を言って当然です。戦争が終わった時点で、敵味方関係なく、あの戦争で亡《な》くなった人すべてを弔う場所、という形にするべきだったのです。その判断を誤ったから、今に至ってもしっくりいかない問題が出てきてしまったのです。まったく残念なことです」

「そのとおりだと私も思います」

と、同感の意を表明する。和尚さんはちょっとうなずき、

「お達者で」

と言って静かに合掌した。私より和尚さんのほうが、よっぽど健康を祈られてしかるべき立場と年齢である。恐縮の極みだ。私たちの乗った車が山道へ消えていくのを、和尚さんはいつまでも見送っていた（といっても、すぐに木々に隠れて見えなくなってしまうのだが）。

あんなにお坊さんらしいお坊さんを、初めて見た。
祖母の家の周辺には、今となっては貴重な出来事と人々が、たくさん残っているのだ。

自分を止めてあげたい

祖母の家にいる間は、歯医者通いを一時中断せざるを得なかった。まだ何カ所か治療をしなきゃならない歯があるのだが、なかったことにしておいた。家に帰ってからも、予約の電話を入れなかった。そうしたらやっぱり歯が痛む。しかも虫歯部分だけじゃなくて、「眠れる森の魔女（注：親不知《おやしらず》）」までもがなんだか痛い。

昨日さあ、テレビでやってた『マトリックス』を見たんだけど、この世界は現実じゃないんだよね。痛いと思ってもそれは痛いと思ってるだけで、実は全然痛くなんかないんだ。ピストルで撃たれたってへっちゃらへっちゃら。撃たれたと思うから撃たれただけで、私たちのホントの肉体は、なんかヘンテコリンなカプセルみたいなのに入れられて、機械に管理されてんの。そんで最後は電池になっちゃうの。それってちょっと、『銀河鉄道９９９』に似てるよね。ところでうちの弟、『マトリックス』のネオ（キアヌ・リーブス）みたいな動きができるようになるまで体を鍛える、とかねてから宣言してんだけど、「それ絶対ムリだから」ってどのタイミングで言ってあげるべきなのかな。とにかく痛くなんかないから平気。もうこれっぽっちも。痛いよやっぱり痛いよ！　これは気のせいなんかじゃないよ！……すみません、錯乱しました。手鏡を二枚使い、大口を開けて、いま親不知がどういう状態にあるのか一生懸命見ようとしたのだが、口の端が切れたうえに貧血を起こしただけで終わる。ちっとも見えやしない。ジュリア・ロバーツぐらいでっかい口だったら、奥歯まで楽に丸見えだろうになあ。どうやら観念して、また歯医者に行くしかなさそうだ。キアヌ・リーブスの唇って異様に赤くて、ヒゲの剃《そ》り跡が青々としてて、そういうところがなんだかとってもプリティーだな（できるだけ他のことを考えて、歯痛から気をそらそうとしている）。

さて、清水玲子《れいこ》『秘密』（白泉社）の二巻が出た。一週間前に購入したばかりのこの漫画を探すために、私はいま十五分にわたって必死に部屋を捜索せねばならなかった。なんて気を抜けないデンジャラス・ゾーンなのだ、この部屋は。

いやいや、そんなことを言いたかったんじゃない。『秘密』はすごい作品だ、ということを言いたかったのだ。

近未来の捜査官たちが、ひとの脳の（ひいては心の）「秘密」に迫り、犯罪を暴《あば》いていく――という内容なのだが、テーマも物語も絵もとにかく「すごい」の一言に尽きる。私は雑誌掲載時に本屋で立ち読みしていて不覚にも涙し、単行本化された今回、またもや懲《こ》りずに泣いてしまった。私、漫画家の中では清水玲子に一番多く涙を搾《しぼ》り取られているんじゃないだろうか。「お涙頂戴《ちょうだい》」調の作品では決してないのに、こらえようと思ってもどうしても駄目だ。

しかし、気になる点が一つだけあった。作品自体についてではなく、単行本に挟まれていた新刊案内のチラシについてだ。このチラシに『秘密』の二巻も紹介されていたのだが、あおり文句が「少女まんがの枠を超えた傑作」なのだ！　それは褒め言葉なのか？　どうも釈然とせず、しばし沈思黙考する。

ピコピコピーン（自分の中に生まれた違和感の原因を探り当てた音）。このチラシの文言では、「少女まんがの枠を超え」ることがすなわち「すごいこと」のように受け取れる。見当違いもはなはだしい。ピントが外れまくっている。

もちろん、チラシが言いたかったのは、「ストーリーの水準が極めて高く、学校に通う女の子がキャピキャピと恋愛したりする話ではない、大人の鑑賞に堪えうる作品ですよ」ということなのだろう。だがそりゃあ、ふとい間違いだ。

少女が主人公だから「少女漫画」なわけではない。少女に向けて描くから「少女漫画」なわけでもない。そもそも（ああー、少女漫画のことになるとすぐに熱くなって、「そもそも」とか言い出しちゃう）、「少女漫画」というのは昔っから、取り扱うテーマは多岐にわたり、登場人物の年齢性別も多彩で、大人の鑑賞に堪えうるものがたくさんあった。読者層の大部分を実質的に少女が占めてきたのだとしても、作品の内容は常にすべての人に開かれていたのだ。「少女漫画」の反対語が「少年漫画」であるかのように思えるけれど、それはちょっと違っていて、「少年の冒険・成長」をテーマの主眼に据える作品が多い少年漫画とは、少女漫画の方法論は実は異なっている。

話は少しそれるが、たとえば「週刊少年ジャンプ」に掲載されている漫画を、女の子たちが熱心にパロディー作品にする現象がある（たいてい、登場人物を勝手に同性愛の関係にしてしまう）。これは、「少年漫画」（少年のために描かれた、少年が主人公の物語）という非常に閉ざされた世界を、自分たちの物語として読み換えるための手段なのではないか、と感じることがある。少年に向けて作られた世界に、女である私もなんとか参加したい、居所を作りたい、という情熱が、なぜだか「登場人物をゲイにしたパロディー作品」の形で表れているような気がしてならない。

比べるに、少女漫画がパロディーの対象になることはとても少ない。それはたぶん、少女漫画の作品内ですでに、さまざまな人間関係の形を表現することが試みられているからであり、物語世界から弾《はじ》き出された読者が自分の参入する余地を求めて作品を深読みしなきゃならないほど、閉鎖的な造りにはなっていないからだ。

つまり、「少女漫画」は元から、「対象として想定する読者枠」などというものが存在しない物語を擁《よう》してきたのではないだろうか（掲載誌の思惑などで多少は「枠」内に収まることを求められるとしても、「少年漫画」ほどかっちりとした決まり事はないはずだ）。

じゃあ、少女漫画をはっきりと少女漫画たらしめる一番わかりやすい要素はなにかと考えると、「絵柄」なんじゃないかと私は思う。それでいくと、清水玲子の絵はかなり正統派の「少女漫画の絵」だ。なまじっか絵がうまいから、グロテスクな場面がただごとじゃなくグロテスクになってはいるが、登場人物の造形の華麗さなどを、「少女漫画」と言わずしてなんと表現すればいいのだ。

物語の内容（その懐《ふところ》の広さと深さ）からいっても、絵柄からいっても、『秘密』は「少女まんがの枠を超えた傑作」なんかじゃない。「少女まんがの傑作」である。それでいいじゃないか！　と、私はチラシの文句に憤《いきどお》りを覚えたのだった。

だけどこんなことに怒ってるのは私だけかもしれない、という疑いも捨てきれず、友人あんちゃんとGに電話してみる（二人とも白泉社の少女漫画のエキスパートだ）。

「たしかに少女漫画好きとしては、異議ありというか、腹立たしいあおり文句でしたね」

「編集者が、少女漫画をあまり読んでいない人なんじゃないの。少女漫画の本質を見誤って、おとしめているとしか思えない」

などなど、私たちは真剣に語り合った。そして私は、以下の声明文まで作成した（おいおい）。

白泉社よ、君は少女漫画の出版社として、数々の傑作を世に送り出してきた。それらは私たちを熱狂させ、自分自身を、世界を、深く見すえるための糸口となってくれた。その少女漫画に、もっと誇りを持とうではないか。君の飯の種である少女漫画とはどういうものなのかよく考えもせず、「少女まんがの枠を超えた」などと簡単に言っちゃってるから、最近君んとこが出してる少女漫画雑誌はつまらなくなったのでは、と懸念《けねん》されてならない。私たちは君を熱烈に愛し、いかなるときも君に期待を寄せている。

私たちの思いに応《こた》えるべく、白泉社よ、もう一度足もとを見つめ直してほしい

……！

うーん、明らかにおおきなお世話だ。たかがチラシのあおり文句なのに、必死こいて揚げ足をとるなよ、と嗤《わら》われそう。でもチラシの一文が、少女漫画への愛情と理解の欠如の象徴のような気がして、不安になっちゃったの。私ったらもう、取り越し苦労屋さんなんだから。てへ。

うわあ、なんだか思い入れ過剰な自分がホントに怖くなってきた。いけないいけない。とは思うのだが、少女漫画のこれからについて、どうしても憂《うれ》えてしまうのはいかんともしがたい。やんぬるかな！

ひとり舞台

ものすごくローカルなネタなのだが、どうしても気になるので言ってしまう。

横浜線、窓ガラス汚れすぎ！

たまに、「モンゴル大平原横断三百キロ！　幻の名馬を追う壮大なる旅路」って感じのテレビ番組がある。大抵の場合、レポーターが舌を嚙《か》みそうになりながら、ものすごい悪路をジープで疾走する。そのジープのフロントガラス。それぐらい汚れてるんですよ、横浜線の窓ガラスは！

いったいどこをどう疾走すれば、モンゴル大平原のジープと同じぐらいガラスを汚せるのか。横浜線沿線には大平原があるのか？

私はたまにしか横浜線に乗らない。前回乗ったとき、どのガラスにも一面に乾いた泥が付着していて外が見えないぐらいだったが、しばらくその事実に気づけなかった。「今日はやけに視界がぼやけてる。目が悪くなったのかな」と思っていた。今日、久しぶりにまた乗車したら、タクラマカン砂漠の砂嵐《すなあらし》の中を走ってるみたいだった。やっぱり乾いた泥がガラス一面にびっしりついている……。これはもはや、日本を走る電車の常識を越えた汚れぶりだ。車体洗浄は年に何回実施してるんだろう。

いやいや、単に私の乗り合わせが悪かっただけかもしれない。だけど逆に、かなりの高確率で窓ガラスが汚れている、とも考えられる。

横浜線は非常に謎《なぞ》が多い。沿線のどこに大平原があるのか、というのも気になるが、乗客自体にも気になる存在が多い。乗るたびに、痴漢や『課長・島耕作』朗読男やセーラー服を着たおじさんに遭遇する。なんだろう、このむんむんした「我が道を行く濃度」は。

今日はすごくうるさい子どもが乗っていた。四歳ぐらいだろうか（子どもの年齢はまったく見当がつかない）。「あ・る・こ～、あ・る・こ～、わた～しは～げ～んき～」というトトロの歌を歌いながら、性別も不明なほど野性的に車内で暴れる。たぶん、乗客全員が心の中で、「はいはい、たしかにおまえは元気が有り余ってるよ」とため息をついていたはずだ。さらにつらいことに、その子にはなぜか鈴がつけられていて、その鈴の音が私の脳とことん周波数が合わない。細い鈴の音がチリチリと脳髄に食い込み、揺さぶりをかけ、その微細な震動で脳が崩れ落ちる錯覚を覚えるほど気色悪い。私はよっぽど、「ちょっとあなた。あなたと私、どっちがじっとしていられるか競争しようか」(子どものレベルに合わせた、静かな環境づくりへの提言)と持ちかけてみようかと思ったのだが、数駅で降りるので我慢した。しかし自然な人情の発露として、親の顔は見たい。そこで、降りるときにわざわざ遠回りして顔を見てみた(子どもは親が座ってる場所から遠征してきて騒いでいたのだ)。

うわあ、絵に描いたようなヤンパパ、ヤンママだ。確実に私よりも若い。しかも恐るべきことに、二人目の子どもまでいた。騒音公害をどんどん増加させてるよ！　しつけができないなら子どもを作るな！　と怒声が喉《のど》もとまでこみ上げる。

最近、出生率がまた下がったとかで、「道行く三十代の女性に出産の意志の有無を聞く」アンケートの結果などがテレビで流れる。あれが私には納得いかない。なんで女だけに聞くんだろう。単性生殖できるとでも思ってるんだろうか。出生率低下の原因は、男女両方に等しく理由と事情があるはずで、どうしても問いたいというのなら、年代にも関係なく社会全体に問うべき事柄だろう。だいたい「一人の女性が生涯に生む子どもの数『1・32人』」って、小数点以下はなんなんだ。水子の数ですか？　すごくお役人的に平均値を出してみとほがらかに役所に質問の電話をしてやりたい。すごくお役人的に平均値を出してみました、という気配が感じられていやーな気持ちだ。

社会の要請に応《こた》えてポコポコ子どもを生む機械じゃないんだから、こういう無神経な数値を根拠に、道行く女性にアンケートなどするのはやめてもらいたいものだ。子どもを育てる際の社会的サポートを充実させ、同時に若年層負担型の社会保障を見直す。これで問題は解決じゃないか。結論はわかってるんだから、さっさと動けばいいのに。小数点以下まで計算して、アンケートを採ってる場合か?

あ、ヤンパパ、ヤンママへの怒りが高じて、話が軌道からそれてしまった。「出生率低下緊急アンケート」で多くの女性が、「子どもを生まないのは、うまく育てられる自信が(金銭的にも環境的にも自分自身の成熟度においても)ないから」と答えていた。彼女たちに、奔放なる子育てを実践するこのカップルを見せてあげたいな、と思ったのだ。出生率上昇を呼びかける政府公報などに、この親子を取り上げたらどうだろう。尻込《しりご》みしていた人たちも、きっと自信をもって子作りに励めるはずだ。

などとつらつら考えながら電車を降り、待ち合わせていた友人ぜんちゃんと会う。

「ぜんちゃん、すごい野生児を見ちゃったんだよ!」

と私はさっそく報告した。「しかも、両親は今風のわりとイケてる顔だったのに、その子はすんごくぶさいくなの(一番気になったのは、実はそこなのだ)。あれってどういうこと?」

「隔世遺伝じゃない？」

いともあっさりと答えを出すぜんちゃん。

「あ、そうか。私は、『もしかして整形カップル？　子どもが自分の昔の顔で生まれてくるってつらいなあ。だからあまり愛情が湧《わ》かなくて、放りっぱなしなのかしら』って気を揉《も》んじゃった」

「顔なんて成長すれば変わるものだよ」

と、ぜんちゃんは野生児の未来を保証した。十五年ぶりぐらいに会った幼稚園時代の友だちに、「ぜんっぜん変わってないね」と爆笑された経験を持つ私としては、その点についてはどうしても悲観的観測を弾《はじ》き出してしまうが、野生児の明るい行く末を祈りたい。

さて、ぜんちゃんは好みのタイプを「孤独な将軍」と限定するなど、計り知れない趣味人ぶりを発揮しているのだが、今回またも驚かされることがあった。古田新太を「かっこいい」と形容したのだ。ええー？　「滲《にじ》み出る色気がたまらない」そうだ。えええー？　古田新太は私も嫌いじゃないが、それにしても、ぜんちゃんはやはりちょっと感覚がおかしいと思う。おかしいのが美的感覚なのか言語感覚なのかわからないが（シーマン〈サッカー選手〉にメロメロな私に言われたくないだろうけれど）。

私たちは、人気の宮藤官九郎《くどう》が脚本を手がけるドラマ、『ぼくの魔法使い』についてしゃべっていたのだ。ぜんちゃん愛する古田新太も出演している。篠原涼子《しのはらりょうこ》と伊藤《いとう》英明《ひであき》が「みった〜ん」「るみた〜ん」と呼び合うラブラブバカ夫婦ぶりを演じていて、とても楽しい（この夫婦は家ではいつもペア・ルックである）。

「なんだか非常に濃い味わいで、一時間のドラマのはずが一時間半ぐらいに感じられるよね」

「うん。おもしろいのに長く感じるって不思議だけど」

見終わるとこっちのエネルギーが減っている。時間感覚をも狂わせる、パワー炸裂《さくれつ》の展開なのだ。

「ああいう、傍目《はため》から見ると『バカ』としか言いようのないイチャつきぶりの夫婦って、けっこういると思うんだ」

と、私は言った。「ていうか、笑いながら見ててふと気づいたんだけど、私も実際にやっちゃってるんだよ！　しかも弟相手に！」

「ええっ!?」

「もうぜんぜん素の状態で、『○○（弟の名前）ぽ〜ん、ご飯できまちたよ〜』とか呼んでるし。弟が出かけるときも、近所中に聞こえるぐらいの声で『いってらっしゃ

〜い！　気をつけてね〜！』と玄関先から見送るし。『ブタさん（と弟は私を呼ぶ）、台所の生ゴミがたまってる。捨てといて』って言われて、『ブタ、了解ッス！（「ッス」は裏声で）』とか言っちゃってるし。ドラマを見て己れのバカぶりを反省したよ。さらに痛々しさ倍増なのが、そういう私の態度に対して、当然ながら弟が完璧《かんぺき》な無視で応じてるところ。『バカップル』『バカ夫婦』『親バカ』を笑えない『一人バカ』……！」

「あ、そういえば私も……」

と、ぜんちゃんが言った。「妹に対して、かなり『ぼくの魔法使い』の夫婦なみに甲斐甲斐《かいがい》しく世話を焼いてるわ。『○○ちゃ〜ん、あなたのパンツこっちの箪笥《たんす》に混ざってたわ〜ん』とか、『今日は暑いから帽子をかぶっていってネ』とか。妹は素っ気ない振る舞いを見せて、ちっとも報われないというのに！」

「小さいころの癖が抜けないのかしらねえ。兄弟の上のほうって、大人になった弟妹の面倒をついいつまでも見ようとして、煙たがられてしまうものなのかも」

　これは、群れで生活する動物のサガなのか。あるテリトリー内での順位づけというか役割分担ができてしまって、それに則《のっと》って日常生活を演技する。演技するだけの余裕や情熱がなくなってしまうと、共同生活はうまくいかない。いかなる愛情も、つきつめれば実態は「演技する愛情」なのだ。演技できるかどうかによって、愛情が持続するか終息するかが決まるんじゃないかと思う。

もしかすると『ぼくの魔法使い』は、「人間関係は演技によって成り立つ」ということを描いているのかもしれない。それぐらい「演技過剰」なドラマだ。最後まで目が離せない。とりあえず私は、「二人バカ」ぶりを自重する。

おともだち三態

友人Gと映画『MOON CHILD』を観《み》た。山本太郎が出ているからである。主演はガクトとハイド。うーん、キラキラしい……。観にいくのがなんだか気恥ずかしい映画のような気がするが、私たちは愛する太郎のために、どんなトンチンカンな映画に仕上がっていようとも、決して笑わずに真剣に鑑賞しよう、と誓い合った。

で、見終わった感想。私はガクトを見くびりすぎていた。先日、私のいとこがかなり熱烈なガクトファンだと知り、「マジかい！」と爆笑したのだが、その失礼な態度を謹んでここに詫《わ》びたいと思う。

ガックン、すごいよ！　さすが、毎朝二時間も肉体を鍛えるトレーニングを続けているだけのことはあるよ！　そんな根性のある人が、中途半端《はんぱ》な物を作るわけがない。『MOON CHILD』は、ガックン独自の美意識に溢《あふ》れた映画であった（ガクトは脚本も手がけている）。

物語に破綻《はたん》はない。映像もちゃんとしている。手抜き感が全然ない、王道の吸血鬼映画なのだ。なにゆえに吸血鬼？　と頭の中に盛大に疑問符が浮かぶ。あらすじを一言でまとめると、吸血鬼のハイドと人間のガクトの愛の物語。これは私の脳が腐っているがゆえのあらすじではなくて、まさしくこのとおりの話なのだ。いったいどんな客層を狙《ねら》ってこんな同○誌くさい設定の映画を制作したのか、ガクトを小一時間ばかり問いつめたい思いにかられる。ちなみに、ハイドを吸血鬼の道に引きずりこんだのは豊川《とよかわ》悦司なのだが、彼の役名はルカ。豊川悦司なのにルカ。私は映画館の椅子《いす》からずり落ちた。見るからに東洋人の風貌《ふうぼう》なのに……、ルカってのはもしかして洗礼名かなにかか。

細かいつっこみどころは多々あれども、乙女のツボを決してはずさぬ展開で、すごく楽しめる。そういうのが好きな方は、ぜひともご覧になることをおすすめします。非常に手堅く丁寧な作りの映画なので、私はとても好感をもった。上映中ずっと赤面しっぱなしで、スクリーンが赤く染まるんじゃないかと思ったけれど。

このこそばゆさはなんなのだろう。私の（そして、美しい男を愛する女たちの）陥りがちな邪《よこしま》な妄想をそのままスクリーンに投射したような内容だからか？　それもあるが、それだけではない。Gとも話し合ったのだが、ガクトが女を心地よくさせる術《すべ》をすごくよく知っているからではないか、という結論に到達した。

かっこよかったり美しかったり色気があったりする男たちが、テレビや映画の中にはさまざまに登場する。芸能界というのは、そういう男たちの巣窟《そうくつ》であろう。しかし、ガクトはその中でも異色の存在である、と私は常々感じてきた。好みか好みじゃないかという話とは別の問題として、ガクトはなんというか、「女で食べていける男」、というにおいがプンプンと漂っているのだ。たぶん、この意見には多くの女性の賛同を得られるのではないかと自負する。たとえば、アンアン「抱かれたい男」連続ナンバー・ワンの木村拓哉《たくや》。まったくどうなってるんだ、アンアンのアンケートは！　私はキムタクよりはむしろ、「抱かれたくない男」ナンバー・ワンの出川哲朗に抱かれたいぞ、という思いがふつふつとこみあげるが、それは置いておいて、とにかく、キムタクが女で食べていけるかといったら、それはたぶん不可能だと思うのだ。

念のため補足すると、「女で食べていける」というのは、褒め言葉でもけなし言葉でもない。なんとも抽象的（？）な概念なので、言葉でうまく説明できないのだが、ホスト臭ともちょっと違うなにか、だ。それがガクトからは漂い出ている。

ガクトに姉か妹がいるのはまず間違いないところだ。そうじゃなければ、あれだけ女性の暮らし方や考え方を知悉《ちしつ》したうえでの行動をとれるわけがない。しかし姉妹がいるすべての男性が女を心地よくさせることができるかというと、もちろんそんなことはないわけで、あとは本人の資質の問題だ。ガクトはきわめて希少な、「女性の気持ちになったことがある男」なのだ（べつに変な意味ではなく）。それで、彼の言動を見ているとなんだか心地よいこそばゆさを覚えるのではないか。と、Gと私は映画を観て感じたのであった。

後日ぜんちゃんに、「ねえ、ガクトって女の人を心地よくさせるのがうまそうだと思わない？」と聞いてみたら、「ああー、わかるわかる、それ」と同意を得た。

「そのこととちょっと関係があると思うんだけど、私は、つきあう男に姉妹がいるかどうかっていうのは、交際するときのわりと大きなポイントにしてるなあ」

「おお、ちょうどGとも、ガクトには姉妹がいるはずだ、という話をしていたんだよ。じゃ、ぜんちゃんの彼には姉妹がいるの？」

「いるよ。それに加えて私も彼の教育に励んでるから、最近ではずいぶん物の見方が柔軟になってきたよ」

「たとえば？」

「たとえば、『松井とイチローの直接対決』って、近ごろ騒がれていたでしょ？　彼と一緒にテレビを見ていたら、ニュース画面に『松井×イチロー』って出たのよ。そうしたら彼、ビクッとして、『うお、驚いたぁ！　一瞬、松井とイチローがそういう関係になったのかと思った。ああー、エグいこと考えてしまった……』って」

「……それでいくと、松井が攻なのか」（注：オタク用語。男性同士のカップルを想定する際、「×」の前に来るのが男役〔攻〕、後に来るのが女役〔受〕という了解がある）

「あ、もしかしてしをんちゃんも不満？　私も即座に、『なに馬鹿《ばか》なこと言ってんのよ！　その二人だったら、イチローが攻に決まってるでしょ！』と懇々と説いてやったわ。彼は、『イチロー×松井！　ああ、駄目だ、それはいくらなんでも俺の想像力の限界を越えてる……』とうめいてた」

「なんでかしら。松井さんが受のほうが、まだしもしっくりくると思うんだけど……って、問題はそこじゃないでしょ。『教育』って、あなたいったい彼氏にどういう教育を施してんのよ！　それ絶対に教育方針を間違えちゃってるわよ」

「そうかしらねえ。着々といい男に育ってると思うんだけどねえ」

また後日、松井さん好きのあんちゃんに会ったので、「私の友だちの彼氏が、こんなことを言ってたんだって……」と、「松井×イチロー」話をしてみた。そうしたらあんちゃんはすぐに、「それは逆でしょう！」と期待どおりのリアクションをしてくれた。

「あのなんとなく流されやすそうな松井さんが、自分から積極的に動くわけがありません。反対にイチローは、『鬼の一念岩をも通す』って感じの意志の人じゃないですか。それは絶対に、イチロー×松井で決まりですよ！」

なにが「決まり」なんだかわからないが、あんちゃんが断言してくれたので私も心強い。「今度友だちの彼氏に会ったら、『まだまだ研鑽《けんさん》を積むように』と伝えておくね」と請け合った。

その後、あんちゃんと私は、「よしながふみの『西洋骨董《こっとう》洋菓子店』（新書館）を実写化するなら、魔性のゲイであるパティシエの小野役は、イチローがぴったりだよね」という話題で盛り上がった。それもう、ドラマ化されてるから。小野役は藤木直《なお》人《ひと》がやったから。そんな心の囁《ささや》きが聞こえてくるが、耳に蓋《ふた》をしておく。

ツーと言えばカー、類は友を呼ぶ、打てば響く破鐘《われがね》の音。持つべきものは気の合う友だちじゃのう、と私はつくづく感じ入ったのであった。

反省だけならサルでもできる

ジュンヤ・ワタナベのスカートを買ってご機嫌である。出《で》っ尻《ちり》をカバーできて、なおかつうっとりするような美しいライン。決して小さくはない出費だが、たまにはいいだろう。というか、服を買うこと自体が何カ月ぶり？　おしゃれして出かける機会が全然ないからなあ。……あれ、じゃあせっかく買ったこのスカート、いつ穿《は》いたらいいんだろう。そうだ、たしかもうじき法事があったはず。そのときに着よう（法事にふさわしいデザインじゃないような気もするが）。なんだか私は、ジュンヤ・ワタナベの服を見るたびに冠婚葬祭に活用することを考えている。この精神（冠婚葬祭で着用して元を取ろうとする）を改めないと、真の美の世界にはたどりつけなさそうだ。反省、反省。

反省していても、そこはかとなくうきうき気分が滲《にじ》み出てしまうのには理由がある。死国のYちゃんと、恒例のバクチクのライブに行ったのだ。場所は日比谷《ひびや》野外音楽堂。

私たちは今回のツアーにおいては、ホール、ライブハウス、野外、とすべての種類の会場を制覇したことになる。しかし欲求はそれでは収まりきらず、「もういっそのことすべてのライブを追っかけたい」と言い出す始末。恐ろしい……。欲望とはどこまで肥大するものなのだろうか。私たちに富と時間を与えたら、すべてバクチクの追っかけにつぎこんでしまうこと間違いなしだ。

Yちゃんはバクチク広島公演の模様を語り聞かせてくれた。私たちは個別に、自分の地元に近い場所で行われるライブにも行っているのだ。これまで総額いくら費やしたのか考えると目がうつろになってしまうが、彼らのご飯一膳《ぜん》分ぐらいは貢献できたと思えば本望である。

「広島でね、ライブが終わった後に友だちと歩いてたら、会場の裏口に機材の箱がいっぱい積んであったんよ。私、とたんに興奮してしまって、『どの箱にあっちゃん(バクチクボーカル)が入っとるんやろ』って言ったの」

「相変わらずだね、Yちゃん……」

「そしたら友だちが、『パーツごとに分けられて、どの箱にも入っとるんちゃうん。この箱は右手、この箱は左のまつげ、とか』って言うんよ。私、『なるほどー』と思ってさ」

「ああ、彼はそんなに細かく分解できる人なんだ……って、それはすでに人じゃないでしょ！　ロボットでしょ！」

そんなことを話しながら、ライブの開始を待つ。野外音楽堂は日比谷公園の森の中にあり、涼しい風が吹き抜けてとても気持ちがいい。どういうわけか、屋内のライブよりも近くの席の人の話し声がよく聞こえる。やがてはじまったライブの曲間に、まわりのおしゃべりに耳をそばだてると、みんな、

「あー、もうメロメロだわ」

「かっこいいー！（超音波に近い黄色い声）」

などと言っていた。みなさんの反応に、こんなにおなごの心をとろかす男性もそうはいるまいなあ、と改めて感心する。そう言う私もご多分に漏れず、ばっちり心をとろかされていたのだが。

ライブ終演後のYちゃんの第一声は、

「やっぱりカリスマやわ！」

だった。私は、「え、ええっ!?」と、突然の言葉にびっくりする。

「カリスマっていうとあの……、『カリスマ美容師』のカリスマ？」

「カリスマ美容師はめっちゃ安いカリスマやろ。そんなんと違う」

と、Yちゃんはおかんむりだ。私は、「すんません」と謝った。そしてYちゃんのお怒りを解くために、

「今日のあっちゃんは、珍しくよくしゃべってたね。しかもなめらかに、破綻《はたん》なく!」

と言った(彼はいつもカタコトしかしゃべらないのだ)。Yちゃんは嬉《うれ》しそうにうなずいた。

「うん。容量の大きい新品のICチップが導入されたんやない?」

おいおい、「あっちゃん分解説」がまだ生きてたのか! 「カリスマ美容師」に怒っておいて、「ICチップ」とか自分で言い出すYちゃんの複雑に鬱屈《うつくつ》したファン心理。

私たちは新橋の飲み屋で、反芻《はんすう》会(いま見たライブを思い起こしてうっとりする会)に突入した。いい感じに酒がまわってくる。するとYちゃんが、

「ああ、私、あっちゃんの猫になりたいなあ」

と嘆息するではないか(あっちゃんは猫を飼っているらしい)。またこの人、変なこと言い出したな、とたじろぎつつ、「あら、どうして?」と一応聞いてみる。

「だってな、あっちゃんが自分で撮った猫の写真がどこかに載っとったんやけど、そこに直筆で説明書きがされとったんよ。『うんちがでかい』って。私は、猫が羨《うらや》まし

くてならなかった。大きなうんちをしてもあっちゃんに嫌われないなんて！　嫌われないどころか、嬉々《きき》としてうんち箱の掃除をしてもらえるなんて！」

「う、うん……。たしかに『うんちがでかい』って言葉には、どこか誇らしさが感じられるわね。俺の猫もこんなにでっかいうんちをするまでに成長したか、という」

「でしょー？　猫になりたい気持ちもわかるやろ？」

「いいや。負けないもん」

と、私は決然と言った。「うんちの大きさでは、私だって猫になんか負けない」

「あんたそれは、張り合うところが違うやろ……」

今度はYちゃんがたじろぐ番だった。でももう私の妄想スイッチは押されてしまった。自分でも止めようがない。

「私はトイレから呼ぶのよ。『あっちゃーん、あっちゃーん、ちょっと来て！』って。駆けつけてきた彼はきっと、『すっごいのしたな』と褒めてくれるはず。『やだ、おおげさね。それほどでもないわよ、こんなの』。二人でしばらく便器を覗《のぞ》きこんだ後、『今度はもっと頑張るから』『ああ』と微笑《ほほえ》みあう。で、ジャーッと流すの」

「……駆けつけてきたあっちゃんは、『よくやったな』とキュッと抱きしめてくれたりするんやろねえ」

「もちろん。キャキャッ」

私は勝手な妄想で、ウッキウッキと猿のように盛り上がる。Yちゃんは「あのなあ」と遠慮がちに言った。

「とっても素敵な生活に水を差して悪いんやけど、一つ大事な要素を忘れてるやろ」

「まあ、なにかしら」

「あっちゃんは飼い猫に対しては愛情があるけど、あんたに対してはないってことよ。しをんはそこを一足飛びに飛び越して、うんちの大きさがすなわち彼の愛情の大きさに比例するかのように錯覚しとる」

「……そうね。ちょっと先走っちゃったかしらね」

先走ったもなにも、競馬場のゲートをぶち破って走り出し、全速力で一周したはいいが、気がついたら出走馬は自分一人。観客もゼロ。って感じである。

「それになあ、彼は愛情面ではもろいところがあるんとちがうかな」

と、Yちゃんは独自にあっちゃん分析をしはじめた。「猫のうんちは柳のごときしなりで受け止められても、女のうんちに対してはどうやろか。たとえ好きな女のうんちであっても、そんなもの見せられたら、愛情がガラスのごとくポキッと折れてしまうんやないやろか」

「そうかもしれないわねえ」

愛情の強度の問題以前に、冷静に考えてみれば、よっぽど特殊な嗜好《しこう》でもないかぎり、排泄物《はいせつぶつ》を見て喜ぶ人はおるまい。たとえそれが好きな相手のものであっても。

「猫にまで対抗意識を燃やすもんじゃないね」

「夢見がちもほどほどにせんとね」

はたして「夢見がち」という言葉に値するような清らかな内容であったのか、はなはだ疑問ではあるが、私たちは深く反省したのだった。

真の美の世界。そんなものを私は見たことがない。そして、どうやらたどりつけそうにもない。

自分自身を知れ

学生時代の友人Y君と、卒業以来何年ぶりかで会った。私の顔を見た彼の第一声は、

「おまえ、太ったなあ！」

だった。

「ぎゃあああ。やっぱり？　あああ、会いたくなかったわ～」

悲嘆に暮れる。するとY君は私を可哀想《かわいそう》に思ったのか、

「いやいや、前が痩《や》せすぎだったんだって（↑それは明らかに事実と反する）。な？」

と言ってくれた。うう、優しいのね、Y君。Y君は慰めの言葉を続けた。

「それに、まだナン〇ー関ほどじゃないよ」

「ナン〇ー関!?　ちょっと、そこまで太ってはいないでしょう！」

「だから、『ほどじゃない』って言っただろ！」

「引き合いに出された時点でかなりショックなんですけど」

「なんで！　ナン〇ー関が書く物はおもしろいじゃないか！」

「おもしろいけど！　私も大好きだけど！　それとこれとは別問題だよ！」

久しぶりに会った途端に喧嘩腰《けんかごし》。それでもとにかく、駅前の居酒屋に入る。Y君は風邪を引いているとのことで、蒸し暑い日なのに熱燗《あつかん》を頼んだ。ちびちびやりながら、互いの近況について話す。

といっても、私は変わり映えのしない毎日を送ってるので、あまり報告すべき事柄もない。「暇な時間の過ごし方？　漫画読んでまーす」としか言いようがなくて、情けないことに学生時代とまったく同じなのだ。しかしY君は違う。ただいま就職活動中なのだ。

Y君はこれまで会社には勤めずに、なにかいろいろ、ちょっと胡散臭《うさんくさ》げな仕事をしてきた（「胡散臭くなどない！」と彼は怒るだろうが）。だから無収入ではなく、中古といえどハーレーに乗ってるぐらいなのだが、確定申告はしたことがないとほざく。税法の目をかいくぐり、たくましく生きるY君なのである。

そんなY君はけっこう格好いい。トニー・レオンに似てると私は思う。だから、女の人にとてもモテる。私の人生のモテ度を百倍しても、Y君のモテぶりにはとても追いつけないほどだ（ゼロを百倍しても百にはならない……）。そういうわけで、ここ最近の波瀾万丈《はらんばんじょう》なY君の生活を聞くことができた。

「俺はついに、国際交流に貢献したよ。この間さあ、フィンランド人の女とやったんだ」（下品な物言いがあったことを、深くお詫《わ》びいたします）

「へ、へえ……。どこで知り合ったの？」

「クラブでナンパされた。だけど彼女は、日本語を全然しゃべれないわけ。いざコトに及ぼうとしたら、『英語でしゃべって』と言われてちょっと困ったね」

「それはまさに、『とっさの一言』だね」

「うん。しょうがないから、『オーイエー、オーイエー』と言いながら励んだよ」

ばかである。

「二人ともベロンベロンに酔っ払っててさあ。最初は俺のムスコ、どうにも役に立たなかったんだ。そうしたらそれを見た彼女に、『オーマイガッ』って言われるし」

「実生活で『オーマイガッ』と言われたことのある人に初めて会ったよ、ははは」

「いや笑い事じゃねえって。だから俺は一生懸命、説明したさ。『マイ　サン　イズベリー　ドランク　アンド　ベリー　シャイ』ってな」

Y君の頑張りは認めるが、そんなところで頑張ってもなあ……。

「それってちゃんと国際交流になってるのかしら？　なんか日本に対して誤った認識

を植えつけただけに終わってるんじゃない？」

「いやあ、俺もぜひ、彼女にもう一度リベンジを申し入れたいんだよね」

　そういう問題じゃないんだけど、まあいいか。他にも、一戦交えて朝の光の中で相手の女性を見たら、顔の毛穴が開いていて吸い込まれそうで怖かったとか、某有名政治家のところへ秘書として働きにいったら、てんで人間扱いされない酷《ひど》い待遇だったとか、いろいろな話をしてくれた。特に政治家についてなんて、公《おおやけ》になったら有権者をかなり幻滅させること間違いなしの、刺激的かつくだらないネタ満載だった。ああ、言いたい。うずうず。しかしY君の身辺に危険が及んではいけないので、穴を掘って、「王様の耳はロバの耳ー！」と叫んでおくことにする。

　そんな感じで奔放かつ図太く生きるY君は、前述したように就職活動中なのである。まったくもって似合わない。

「Y君は会社に入らなくても、いくらでも暮らしていけそうだけど。あなたほど生活力にあふれた人って、他に知らないわよ」

「そりゃあ、俺一人だったらいくらでも生活していく自信はある。でも妻や子ができたときのことを考えてみろよ。いつまでもプラプラしてるわけにいかないだろ」

「えぇー！」

私はその一週間で一番ぐらいの驚愕《きょうがく》に打たれた。「なに、あなた結婚する気でいるの⁉」

「悪いか」

「悪くはないけど……（もごもご）。そんなまっとうな夢を抱いているとは、行動からは推し量れなかったもので」

「失礼な。俺はいつだって、奥さん子どもと幸せな生活を送りたいと願ってるんだよ。だけどつい、あっちへフラフラ、こっちへフラフラしちゃうんだよなあ」

「うん、そろそろ気づこうよ。Y君のキャラクターとY君の願望が、ちっとも合致してないってことに。一家の大黒柱となって勤勉に働いているY君の姿を思い浮かべるのに、多大な努力を要するもん」

「いいや。俺は今度こそやり遂げてみせる！　とりあえず、絶対に就職する！」

やはり人間、自分自身のことを一番把握できないものなんだなあと、しみじみとおかしさがこみあげる。いやいや、そこまで言うならしかたがない。なんだか性格に合わない無理をしてるんじゃないかと思えてならないが、Y君のこれからの幸せを祈って乾杯したのであった。

さて、最近は珍しく漫画を控え気味（？）にしていたのだが、ついつい誘惑に負けて、萩尾望都《はぎおもと》の新刊、『バルバラ異界』（小学館）を読んでしまった。そうしたらあまりのおもしろさに、仕事をする気力が萎《な》えた。いや、萩尾望都大先生と自分を比べたって詮《せん》無いこととわかってはいるのだが、それにしてもすごすぎるよ、これ。

まだ物語は始まったばかりというのに、ドキドキするような謎《なぞ》が次から次へと提示される。年齢にふさわしくない若々しさを保つ、西暦二〇五二年に生きる人たち。一家惨殺《ざんさつ》事件。眠り続ける生き残りの少女・青羽。青羽の見る美しい夢の世界。その夢に入りこんで、真相を解き明かそうとする「夢先案内人」の時夫。夢の中で青羽が暮らす島「バルバラ」とそっくりな画像を、なぜか独自にパソコンで作っていた時夫の息子・キリヤ。

ううむ、これは傑作の予感がする（傑作ではない萩尾望都の作品を挙げろと言われても難しいのだが）。話がどう展開していくのか目が離せない。なんでこんな、話を作る才能も、絵を描く才能もずば抜けた人が存在するのだ。漫画表現が成熟した時代に生まれてよかった、とつくづく漫画の神さまに感謝してしまう。漫画のない時代に生まれていたら、はたして私はこれほど生きることを楽しめただろうか。

たとえば、奈良《なら》時代の農民だったらどうだろう。漫画どころか、「文字を見たこともねえだ」という状況のうえに、役人の気まぐれで大仏を鋳造《ちゆうぞう》する作業にかりだされちゃったりして、きっと大変だ。それとも案外、漫画に費やすエネルギーを他のところにまわせるおかげで、思いがけない隠れた才能が発現するのだろうか。「おまえの作る粟《あわ》はひと味ちがうだ」とか、村の仲間から褒められたりして。

などと、都合のいい夢想をしてみる。やはり人間、「今の自分は百パーセントの俺じゃない。もっともっとバージョンアップした違う自分になれるはず」と、己れの分をわきまえぬ思いを抱いてしまいがちなようだ。

現実を直視せよ（Y君と自分への提言）。

なげやり人生相談

うぃー（☝二日酔いなので、なげやりな挨拶《あいさつ》）。よい子のみんなは、自分の寝息がぁまりにも酒臭くて目が覚めたことがあるかな？　そんな大人になるように心がけなきゃダメだぞ。

さて、みんなの悩みに、我が「なげやり相談所」がどしどし答えていくぜ。

【相談　その一】　朝、どうしても起きられないんです。どうしたらいいでしょう？

【お答え】　朝まで起きていましょう。起きられないのは、寝るからです。ギネスに挑戦する覚悟で、寝ないように心がけてください。そんで、どうしても眠くなったら、「明日は生ゴミの日だ……」などという細かいことは気にせずに、十六時間ぐらい寝倒す。

え、「夜に寝て朝に起きる、ちゃんとした生活を送りたい」？　贅沢《ぜいたく》なことを言う相談者だな。うーん、しかたない。じゃ、美青年を雇って、優しく起こしてもらうってのはどうだろう。

「さあ、起きて。きみのように清らかで美しい朝だよ。おいしいミルクティーもいれたんだ。ぼくはもう、麗《うるわ》しいきみの瞳《ひとみ》を見たくて辛抱できない……！　お願いだ、意地悪しないで目を開けておくれよモナムー」

ほらね、これならうっとりしながら起床できるでしょ。

私は、ヴィゴ・モーテンセン（俳優）に起こしてほしいです。美青年というよりは、美中年だけど。あのボソボソしたしゃべりかたで、

「ねえ、悪いんだけど、起きてくれないか。私の靴下が見あたらないんだよ。一緒に探してほしい」

とか言われたら、一発で飛び起きます。あ、でも、わざと起きずにいるのもいいわ。ヴィゴは、「きみはホントにねぼすけだな」と私を起こすことを諦《あきら》めて、一緒にベッドでいつまでもゴロゴロニャンニャンするの。げへへ。

この妄想癖をどうしたらいいでしょう？

二章　乙女病みがち

ネズミとぼくらは友だちさ

先日、弟に、

「今日は私の誕生日だよ。お忘れかな?」

とアピールしたら、

「ああ、俺、欲しいものがあるんだけど」

と返された。なんだか話の流れが変じゃないかなと思ったが、「なあに?」と一応聞いてみる。弟は言った。

「マリリン・マンソンのフィギュア」

「……それを手に入れて、どうするの」

「お話しする」

そうですか……。自分の誕生日に、なぜか弟のためのマリリン・マンソンフィギュアを購入するはめになった。フィギュア屋の店員に、「今度また新作が入荷しますから、よろしく」と言われ、ちょびっと恥ずかしかった。これを必要としてるのは、私じゃないんです！

ほらよ、と買ってきたフィギュアを渡すと、弟は珍しく嬉《うれ》しそうな顔をした。「部屋の守り神にする」と言って、自室の机の上に飾ることにしたらしい。ものすごく禍々《まがまが》しい姿の守り神である。ときどき弟の部屋から、マリリン様がひとりでに倒れる音が聞こえてきてこわい。

という話を近所の友人Kにしたら、「いい受け答えだね」と彼女は言った。「私も今度から、だれかに『誕生日なんだ』と言われたら、即座に自分の欲しい物を挙げてみようっと」

こうして人心は荒廃していく。ひとの誕生日に物をねだるのはやめましょう。

Kと私は、マリリン・マンソンのライブに行った。場所は東京ベイNKホール。ネズミ御殿のすぐ近くである。マイケルマウスのグッズを持った幸せそうな家族連れと、カラー・コンタクトを入れて眉毛《まゆげ》を剃《そ》った人たちとが、舞浜駅に集結している。なかなか微笑《ほほえ》ましい（？）光景だ。

駅前で偶然、古本屋で同僚だったTさん（四十代・女性）と彼女の息子に行き会った。Tさんはマリリン・マンソンのファンなのだ。私たち四人は連れ立ってバスに乗り、「NKホールの『NK』って、『日本一、感じのいい』の略なんだって」「マジっすか」などという会話を交わしながら、会場に到着した。

スタンディングだったので、いつもながら私はブロック後方に陣取る。ステージに近い場所は熱気がカオスとなって渦巻き、とても突入していく勇気が出ない。まずは本日のゲスト、バクチクの登場だ。しかしゲストっていうか……、これはマリリン・マンソンの前座ということじゃないだろうか。少し複雑なファン心。

開演三十分押しなんてざらにあるバクチクだが、やはり前座ということで（?）、ちゃんと定時に演奏がはじまる。や、やればできるんだな！　忘れ物の多い小学生の息子が、「今日は一つも忘れ物をせずに登校しました」と書かれた担任からの連絡簿を持って家に帰ってきたときのような気分だ。愛《いと》おしさと誇らしさと、「おまえがランドセルに教科書を入れるとき、ちゃんとそばについていてあげられればいいんだけど。ごめんね、母さんいつも忙しくて、放任主義になっちゃってて」という思いがこみあげ、目頭をぬぐう。なんだかもうわけがわからない。

さくさくとノリのいい曲を奏《かな》で、適度に会場を熱くさせる、という前座としての（?）役割を無事果たしたバクチク。後ろにいたマリリン・マンソンファンらしき男子二人が、「おい、バクチクかっこいいな」「ああ。こんなだとは思ってなかった」と言ったので、私は非常に嬉しかった。ふだんは地味でおとなしい我が息子が、運動会のかけっこで一等賞になったときのような……。

バクチクの出番が終わったとたん、近くにいたはずのTさんの姿が消えた。

「あれ、Tさんはどこに行っちゃったんだろ？」

とあたりを見回すが、影も形もない。Tさんの息子は、

「たぶん、マリリン・マンソンの登場に備えて、前方へ行ったんでしょう。母のことは放っておいていいですよ」

と半ば諦《あきら》め顔で言った。激戦が繰り広げられるステージ前へ、果敢にも突進していったのか……。愛と勇気だけを友にして最前線へ旅立ったTさんの無事を、Kと私は祈った。

いよいよマリリン・マンソンが暗黒のステージに立つ。会場の興奮は頂点に達し、マリリン君が「おめえらマザーファッカーか？」と問いかけるたびに、「イエーイ」と中指を突き立てる。すごいな、世の中にはこんなにマザーファッカーがいるもんなのか。

マリリン・マンソンのライブはサービス精神にあふれ、ほとんど「ショー」である。ナイスバディの女性二人がくねくねと踊り、マリリン君は脚が伸びて天井ぐらいまで

の背の高さになったり、そうかと思うと今度は腕が二倍ぐらいに伸びたりする。その合間に、マザーファッカーとミドルフィンガーを連発する。私は笑いながら、ズンドコズンドコ踊った。

どこまで本気なのかわからないおかしさが、マリリン・マンソンにはある。聴き手を徹底的に楽しませようとする姿勢に、大人の余裕を感じるのだ。マリリン君は後半でブラック・マイケルマウスに扮《ふん》し、ネズミ一族の面子《メンツ》に堂々とシットをなすりつけてみせた。ネズミ御殿的世界を嫌悪《けんお》する私としては、「最高です、マリリン！」と快《かい》哉《さい》を叫びたいところだが、しかしその一方で、「とか言いつつマリリン、昼間は会場の隣にあるネズミ御殿で思う存分遊んだんじゃないのか？」とも思えて、ニヤニヤしてしまう。たとえ、ネズミ御殿で遊ぶ姿をファンに目撃されたとしても、「裏切られた」とは思わせず、「あ、マリリン楽しそうに敵状視察してるな」と温かく見守りたい気持ちにさせる。これが、私がマリリン・マンソンに余裕を感じる所以《ゆえん》である。

Tさんはやはり前方で人に揉《も》まれていたらしく、ライブ終演後によろよろになって戻ってきた。しかしその表情は満足感に輝いている。私たちは楽しい気分で帰りの電車に乗った。電車には、ネズミ御殿帰りとライブ帰りの人が混在していた。ネズミ御殿帰りの人は、みんなオレンジと紫のハロウィン仕様の袋を持っていて、やはりマリリン・マンソンの感性のほうがまだしも正気を保っているんじゃないかと思えてならなかった。しかしネズミ御殿帰りの人たちも、「なに、あの汗くさい黒っぽい集団は」と眉をしかめていたのかもしれない。こういうのを、目クソ鼻クソを笑うと言うのだろうか？

Tさんのバイタリティーを目の当《ま》たりにした私は、「こんなことじゃいかん」という思いを新たにした。そこで、かねてより計画していた公営体育館トレーニングルーム通いを、実行に移すことにした。

歩いて二十分の体育館には老若男女《ろうにゃくなんにょ》が集い、もくもくと器械で己れの肉体を鍛えることに励んでいる。ものすごい速度に設定されたルームランナーで、息一つ乱さずに走る老人などがいて、すでに負け犬の気分だ。

初回は係の人から、器械の取り扱いなどについて説明を受けねばならない。日体大って感じの爽《さわ》やかな若者が、マンツーマンで説明にあたってくれた。

「使い方はとっても簡単です。どの器械も、はじめたいときはスタートボタンを押し、止めたいときはストップボタンを押せばいいんですから」

なるほど。若者は手本を示してくれる。レバーを握って重りをギーコギーコと持ち上げたり、自転車のペダルをガンガン漕《こ》いでみせたり、さすがの運動能力だ。こんなことが私にできるんだろうか、と不安だったのだが、彼が腹筋台で高速腹筋をしだしたところで、こらえきれずにストップをかけた。

「あの、すいません。軽々とやっていらっしゃるけど、これはたいがい、だれでも腹筋運動ができるように作られた台なんでしょうか」

若者は腹筋をやめて、私を見た。

「腹筋、苦手ですか？」

「そうですね……。有り体に言って、一度もできません」

「大丈夫！」

と若者は優しく言った。「そういう方は、ここにある取っ手を握って、腕の力も使って体を起こしてください」

そんな抜け道があるのか、と安心する。身を起こせずに係員に救出されるのでは、あまりにも情けない。どうやら、初心者から本格的にトレーニングしたい人にまで対応した機具が置かれているらしい。さすが公営体育館だ。

説明が終わり、実際に自分でトレーニングにいそしむことになった。若者は用紙を渡してくれて、「トレーニングの前後に、血圧と体重を計ってください」と言った。たたた、体重!?　声が裏返る。しかし計れと言われればしかたがない。幽霊か？　というような血圧と、たしかに実体だね、このうえもなく肉が詰まってるもん、というような体重を記入し、若者に提出した。この恥ずかしさをばねに、頑張ろう。

と思ったのもつかのま、あらゆる器械を満足に扱えない自分に気づいた。ペダルを漕いでも、「もっと速く」と器械が指令を出してくる。ルームランナーを使っても、歩行の速度で回転するベルトにさえついていけず、器械から落ちそうになる。わかったのだが、運動能力以前に、私はすぐぼんやりしちゃうからダメなんだ。同じ動作を繰り返していると、ボーッととりとめのない想念に気を取られ、手や足の動きが止まってしまうらしい。

それでもなんとか一時間ほど器械と組んずほぐれつし、二百グラム痩《や》せて体育館を後にした。脳にまわる酸素が足りなくなったようで、帰り道で生あくびを連発する。つらいなあ。運動ってつらい。

翌日は一日寝ても、まだ疲れが取れなかった。かえって健康に悪いんじゃないだろうか、と思えてならなくて、トレーニングルーム通いは初回で途絶えたままだ。

なにしろ遠くて帰りに湯冷め

外出する予定でもないかぎり、できるだけ風呂《ふろ》に入らずにいたいと願い、またそれを実行しているのにもかかわらず、年に何度か無性に温泉に行きたくなる。いったいこの脈絡のなさはなんじゃろな、と自分でも思う。てなわけで、お台場にできた「大江戸温泉物語」に行ってきた。

大江戸温泉物語は、なかなか楽しい場所だった。なんで一人で来てるのが私だけなんだよ、とか、青のり抜きでって言ったのに、なんでこのお好み焼きには山ほど青のりがかかってるんだよ、とか、いろいろ言いたいことはあれど、一番重要なのは湯の温度だろう。

大江戸温泉物語について一応説明すると、「江戸の町で遊びながら、ひとっ風呂あびる」というコンセプトで建てられた大きな銭湯だ。「温泉」と銘打ってあるぐらいだから、地下から汲《く》み上げた温泉もちゃんとあるにはあるけれど、やはり湯の量は少ないらしい。ホントの温泉は湯船一個分しかなく、あとはふつうのお湯である。

でも、私は温泉気分で広い風呂に入れれば満足なので、いい気持ちでふつうのお湯につかっていた。そうしたら、あちこちから「お湯の温度が熱いよね」という声が聞こえてくるではないか。

いやいや君たち。江戸っ子は、「ケツに湯が嚙《か》みつくぐらい」の温度がちょうどいい、と言ってね。この湯なんてまだまだ生ぬるいぐらいだぜ。

山手線のはるかはるか外側に棲息《せいそく》しているくせに、したり顔で江戸っ子を気取ってみる。しかし、ゆっくりつかっていられない人が多数出るというのも問題じゃな、と思い、湯温調整のための水道の蛇口を探してみたのだが……、ない。客が好みでお湯をうめられる仕組みにはなっていないのだ。

なるほど、「ふやけさせるつもりか、もっとビシッと熱くしろ！」とか、「目が回っちまうだろ、ぬるくしろ！」とか、蛇口をめぐって客同士の血みどろの戦いが起こってはいけない。だが一番大きな理由は、あんまり長風呂されると客の回転が悪くなるから、ちょっと熱めの湯温で固定、といったあたりにあるんじゃなかろうか。

などと、意地悪く考える。私は風呂を面倒くさがるだけあって、ぬるかろうが熱かろうが長くつかっていることができない。だから、ちょっとの時間で体が温まる熱めのお湯のほうが好みだ。さらに、私がたまに行く近所の銭湯に体が慣らされている、というのもある。

この銭湯がくせもので、お湯がものすごく熱い。「熱湯コマーシャル」に出演する者は、みなここで体を鍛えたと聞く（うそ）。とにかく、湯加減を見ずにいきなり脚を入れてしまおうものなら、天井ぐらいの高さまで飛び上がり、洗い場を転げ回って苦悶《くもん》すること間違いなしだ。湯船に麺《めん》とかやくを投じれば、インスタントラーメンを確実に作ることができる。

体を洗ったはいいが、湯船に入れないから、客は困惑して蛇口をひねって水を足す。そうすると即座に、番台からオヤジの注意が飛んでくる。

「ちょっとちょっと、熱めが好きな人もいるからほどほどにね」

賭《か》けてもいいが、あの温度の湯が好きな人はいないよ！　江戸っ子の意地などというレベルを超えてるよ！

現にみんな、湯船のまわりでうろうろしてるのだ。オヤジの目を盗んで蛇口をひねり、水と湯がまじる場所に一人ずつ順番につかる、という手段でなんとか入浴を終える。東京と名乗るのもおこがましい辺境の地で、なにがあれほどまでにオヤジを熱湯地獄に走らせるのか、一度聞いてみたい。いっぱい銭湯があったころは、自分の好みの湯加減の店を選べただろうに……。やっぱり独占市場ってよくないわ。

近所の銭湯に比べて、大江戸温泉物語の湯温は天国かと思うほど私にはちょうどよかったのだけれど、しかし万人を納得させる湯温にするのは不可能だから、なかなか匙《さじ》加減が難しかろう。

たとえばディズニーランドだったら、あのネズミを好きな人が行く。だが、大江戸温泉物語の場合、売り物は「風呂」なのだ。風呂自体に対して明確な好悪《こうお》がある人ってのは少数派のはずで（あのネズミを見るたびに怒りで血圧が上がる人はいるが、風呂を見るたびに怒りで血圧が上がる人はそうはいるまい）、機会があったらとりあえず行ってみてもよい、ということになる。そしていざ行ってみると、風呂の温度が気になってしまうわけだ。

つまり、ディズニーランドは間口が狭い分だけ、そこに集う人々の心の許容量が広く（例「こういう世界は大好きだから、華やかにネズミが歌い踊るのは大歓迎」）、大江戸温泉物語は間口は広いけれど、そこに集った人々にはそれぞれの細かい好みがあるため、心の許容量が狭いのだ（例「あんまり深く考えたことなかったが、そういえば俺は風呂の温度はもっとぬるいのが好きだ」）。

最大公約数的理想の湯温を目指し、大江戸温泉物語はぜひとも試行錯誤を続けてほしいものである。私は今回は一人で行って、気楽なのはいいが湯温についてだれとも話し合うことができず、ちょっとさびしかったので、誘われたらもう一度行く気まんまんだ。ちなみに拙者、好みの湯温はたぶん四十三度ぐらいでござる。

話は全然変わるが、大河ドラマ『武蔵《むさし》』に哀川翔《しょう》が出演するらしい。昨日からメールですごい勢い（友人から二通）でその情報がもたらされ、私のパソコンはパンクしそうだ。

それで、翔さん出演Vシネ全作制覇を掲げながら、まだちっとも成し得ていないヘタレな私は、『この日本人に学びたい』（松尾スズキ／ロッキング・オン）を買った。精力的な翔さんの仕事ぶりにはとても追いつけないが、とにかく「翔さん大河出演」に備えて、彼についてより深く予習せねばならぬと思ったからだ。

『この日本人に学びたい』は、松尾スズキが気になる有名人について書いた滅法おもしろいエッセイ集で、私は特に、雑誌掲載時にたまたま読んだ「哀川翔」の回がすごく好きだった。つき人のタナカエイタ君が翔さんについて語る、という小説仕立てになっていて、「翔さんってこんな人なんだろうな」とみんなが漠然と抱いてるイメージを見事に活写してある。ずっと単行本を探していたのだが近所の本屋には見あたらず、注文するしかないかな、とガッカリしながらはや幾年《いくとせ》。ついに、都心の大きな本屋で見つけたのだ。やはり今、すべての運命《さだめ》が翔さんへ向かっているとしか思えない。

数年ぶりに読んでみたら、やっぱりとても面白かった。

実際の哀川翔は、絶対にストイックかつ規則的な生活を送っている真面目《まじめ》で堅実な人に違いない、と頭のどこかでわかってはいるのだが、スクリーンでの甲高い声と度肝を抜く行動、驚異的な出演本数などから、どうしても破天荒かつヤンキーの親玉的人間像を、実像と勘違いしてしまいがちなのだ。その虚像と実像の、乖離《かいり》してんだか一致してんだかわからない微妙な「ズレ感」が、哀川翔の魅力ではあるまいか。

『この日本人に学びたい』を読んで、改めて翔さんの魅力の一端がつまびらかになった気がした。無理やりたとえるなら、翔さんはいい意味で、ディズニーランドと大江戸温泉物語を足して二で割ったような存在なのだ。間口は狭く、かといって一回なかに入ればもう安心かというとそうでもなく、好悪とか慣れといった次元を超越して、味わうたびにクラクラとめまいがする。めまいを繰り返すうちにやみつきになり、画面に彼の姿を見つけるたびに、「あ、翔さん！」とすごく嬉《うれ》しい。

やがて気づく。ネズミは踊らせておけ。湯温が気に入らないなら水ごりでもしとけ。「哀川翔」、それだけで世界は完全かつ完結しているのだ。細かいことは気にするな。言葉は無用。ただ全身で「哀川翔」の生きざまを感じればいい……！

さあ、もう予習は万全だ。翔さんが『武蔵』に登場する回を、楽しみに待つとしよう。

俺の胃、粗悪品。

うう、また胃の具合がおかしい。腐りかけのパパイヤとしめサバ、という素人目《しろうとめ》に見ても明らかに仲の悪そうな食べ合わせがいけなかったんだろうか。どうにもむかつきが取れず参っている。ハブとマングースが、我が腹腔《ふくこう》内で死闘を繰り広げてる感じだ。目についた食べたい物を無秩序に口に入れるのはやめよう、といつも自分に言い聞かせるのに、懲《こ》りずにやらかしてしまう。ううう、ぎぼぢわるい。

しかし、喫煙者のみなさまに耳寄りな情報をお伝えしたいと思うので、気力を振り絞って書く。

煙草《たばこ》が値上げになりましたよね。この価格崩壊時代の中で、煙草の値段だけは頑固一徹の職人ぶりを見せつけている。ところが、うちの近所では値下げされてます！

ちゃりん、ちゃりんと小銭を自動販売機に投入していた私は、目を疑った。二百三十円を入れたところで、キャスター３㎎（黄色い線のキャスター）のボタンが、赤く光ったのだ。な、なにごと!?　いろんな銘柄が軒並み二十円ぐらい値上がりした結果、これの定価は現在二百八十円だ。五十円も安い……。値上げ前の値段から考えても、まだ三十円安い……。

たぶん、お店の人が設定を間違えたんだろう。自動販売機の内部の仕組みを知らないが、デジタル表示の「280」と「230」は似ている。値上げに伴う設定変更の際に、「280」としたつもりで「230」になってしまったに違いない。惜しかった。私が欲しいのは、黄色いキャスターの隣にあるキャスターマイルド（赤い線のキャスター）なのだ！　いや、待てよ。二百三十円で黄色いキャスターを買っておいて、お店の人に「外の自販で買い間違えちゃって。キャスマと替えてください」と言えばいいではないか。

ここまで思いを巡らすのに、〇・一秒。ちんけな悪だくみを思いつくことにかけては、たまに人後に落ちない頭の回転ぶりを見せる。赤い光がたった一つ灯った自動販売機の前で、それからさらに五秒間熟考した。いけない、人間としてそんなことをしてはいけない。だが、お店の人に「自販の設定、間違ってるみたいですよ」と教えてあげるほど善人になる必要もなかろう。

私は心の中で、近所で黄色いキャスターを吸ってる人たちに、「君たちの幸運が、いつまでも続くことを願ってるぜ！」と熱き応援を送りながら、二百七十円のキャスターマイルドを購入したのであった。はたしてお店の人は、いつ間違いに気づくだろうか。昨日の時点でまだ二百三十円で売っていたので、全国の黄色いキャスター愛好家のみなさん、買うなら今ですよ！　場所は、うちの近所の坂を下ったT字路にある煙草屋さんです。まとめ買いのチャンス。走るんだ！　耳より情報でした。

次は、「求む情報」コーナー。

台所に行ったら、父が冷蔵庫と会話していた。うちの冷蔵庫は、一定時間ドアを開けっ放しにしていると、「ドアガ　アイテイ　マス」と合成音声で知らせてくる。父はスーパーで買ってきた食品を冷蔵庫に収めようと、なにやらガサゴソやっていたのだが、その作業がのろかったため、冷蔵庫に注意を与えられていたのだ。

「ドアガ　アイテイ　マス」

「わかってる、ちょっと待て」

「ドアガ　アイテイ　マス」

「わかっている！」

「ドアガ　アイテイ　マス」

「ちょっと待てと言ってるだろう！　融通のきかない女は俺は嫌いだ！」

私はもちろん、そこで駄目を出した。

「お父さん！　『○○な女（もしくは男）は××だ』という言い回しは避けるように、と、私がいつもあんなに教育してるのに！」

「いや、しかし……」

冷蔵庫としゃべってるところを目撃され、父はへどもどと言い訳する。「彼女があまりにも、一方的な要求を突きつけてくるから、お父さんだってつい……」

「彼女？　さっきからなにを寝ぼけたこと言ってんの。なんでこの冷蔵庫が女だってわかるのよ」

「だってこの声（合成音声）、女の人だろ。どう聞いても男の声じゃないだろ」

言われてみれば……！　どうせ機械の言うこと、と特に注意も払わず「はいはい」と聞き流していたので、改めて考えたこともなかったが、たしかに冷蔵庫から発されているのは女性の声なのだった。

「あんた、女の子だったのね」

銀色のいかついボディーに向かって、私はしみじみ語りかけた。そして、彼女からの言葉に耳をかたむける。

「うん、うん……、そうか」

「おい、彼女、なんて言ってる」

隣で気を揉《も》んでる父に、私は向き直った。

「この人はねえ、クールが売りなんだよ。だから、そこを責められても困るって。職務に忠実に、内部をひんやり保ってるんだから、指示には従うようにしてあげて。すばやく開閉。わかった？」

「うむ……」

昼間っから酔っ払っているみたいな、親子の会話。

「だけど、冷蔵庫に性別があったとは驚きだねえ。あ、女性名詞とか男性名詞とか分かれている言語の国では、このへんの問題はどうなってるんだろう」

「そりゃあ、男性名詞の物から発される合成音声は、男の声なんじゃないのか」

父は冷蔵庫の要求どおり、スチャッスチャッと慌《あわ》ただしく扉を開け閉めしながら、牛乳やらなんやらを内部に収納する。

「えー、そうかなあ。駐車場の発券機は男の声で、銀行のATMは女の声、とか厳密に区分されてんの？　そこまでするかしらねえ」

というわけで、フランスなどの合成音声事情に詳しいかた、実際のところどうなっているのかお教えください。「求む情報」コーナーでした。

ああ、まだ胃のムカムカが治らない。カエルみたいにじっとりした脂汗《あぶらあせ》が滲《にじ》みでてくる。なにか、なにか気分を高揚させる話題はないだろうか。そうだ、前々から気になっていた哀川翔《しょう》の自伝『俺、不良品。』(東邦出版)を、私は先ごろついに読んだのだった。

本屋で注文して取り寄せたのだが、家に帰るまで待ちきれなくて、道を歩きながら読んだ。そして堪《こら》えられず爆笑。もちろん兄ィは大まじめなのだが。

まず、『俺、不良品。』というタイトルだけでも、ご飯を三杯ぐらいは食べられそうだ。表紙を開くと、いきなり翔兄ィのステッカーがついていて、いったいどこに貼《は》ったらいいものやら困惑。「過剰なまでのサービス精神」という、翔兄ィを語るうえで外せない特徴が、早くも本から漂いだしている。

のちに結婚することになる女性との、初めての出会いのシーン。兄ィは行きつけの飲み屋の客の中にいた彼女を見て、一目で恋に落ちてしまう。もちろん、即座に猛アタック。しかし彼女は、「なにこの人」とばかりに素っ気ない態度だ。私には、それも当然だと思えてならない。兄ィは翌日からハワイに行くことになっていたのだが、会ったばかりの彼女にいきなり、「明日、俺と一緒にハワイに行こう!」と誘ってるんだから。だれだって、からかわれていると感じるだろう。

　しかしそういう理屈は、兄ィには通じない。こっちはこんなに真剣なのに、おまえのその態度はないだろ！　真面目《まじめ》に考えてくれ！　としゃべりすぎて酸欠になるまで何時間も説教。いわく、「1000人に聞けば900対100ぐらいで俺のほうが正論だって言うよ」。自分の口説きに女が応じない、というだけのことで、なんで1000人もの人間にその態度の是非を聞かなきゃならないのか。さすが兄ィ、スケールがでかい。90対10、9対1でもいいのに……と、笑いがこみあげてくる。

すったもんだあったあげく、兄ィはめでたく彼女と結婚までこぎつける。彼女には前のだんなさんとの間に三人の子がいて、兄ィとの間にも二人の子ができる。兄ィ、今どき五人の子持ちに！　漫画みたいな怒濤《どとう》の展開で、めまいがするほどだ。しかも下の二人は自宅出産で生まれ、兄ィ手ずからへその緒を引きちぎる。さすがです、さすがすぎます、兄ィ！

　兄ィは五人の子の育児と教育に奮闘する。当然、躾《しつけ》はきちんとする主義だ。子どもを注意するとき、いけないのをしっかりとわからせなきゃならんと思った兄ィは、その子の頭をかすめる感じで、後ろの壁に本気で拳《こぶし》を叩《たた》きつけた。そうしたら、手を骨折。それを見た子どもは泣き出し、もう大変。子どもの躾のために自分が骨折した親ってのも、なかなかいるまい。兄ィの辞書に「加減」という言葉はないんだな、と感動を覚える。

　こんな調子で、翔兄ィは次々に突拍子もないことをやらかしてくれる。いや、言動の根本にあるのは非常にまっとうな感覚で、真面目で筋の通った人なんだな、と惚《ほ》れ直すのだが、なぜか結果が突拍子もないことになっちゃうのだ。このアンバランスさが、近年評価が高まるばかりの役者・哀川翔のすごさの象徴だと言えるだろう。どこかが壊れているのだ、この人の演技は。もちろん、いい意味で。

　まっとうに淡々と日常を送っていける感覚を持っているのに（そして、そういう演技もできるのに）、突如として狂気を噴出させることもできる、という役者に、私は惹《ひ》かれる傾向がある。ふだんから遠い世界にいっちゃってるようなタイプ（憑依型《ひょうい》）の役者の見せる狂気とは、やはりどこか凄《すご》みと深さが違ってくるからだ。

『俺、不良品。』は、数ある芸能人の自伝の中で、かなりの傑作と言えるだろう。これからますます、翔兄ィを応援することに決めた。

　あー、だめだ。ハブとマングースの死闘が佳境に入った。兄ィのパワーをもってしても、この闘いを止めることはできなかったか……。ちょっとトイレに籠城《ろうじょう》してくる。

にわとりになった日

指が猛烈にかゆい。

寝っころがって本を読んでいたら、急にかゆくなった。読書を中断して指を見ると、ぷくりと小さな水ぶくれができている。何者かに刺された痕跡《こんせき》はなし。変なの、と思いつつ虫さされの軟膏《なんこう》を塗っておく。

ところがそれから二日のうちに、両手の親指と小指を除く指に次々とかゆい水ぶくれができた。かゆくなって、水ぶくれができて、一時かゆみが治まったと思ったらまたぶり返して。信号機みたいに、のべつまくなしにどこかしらの水ぶくれがピコーンとかゆくなる。もしかして部屋にダニでもいるのか？　と怖《おそ》れおののいたのだが、そのわりには両手の中三本の指しかかゆくならない。一度など、トイレで座っているときに右手中指がかゆくなり、みるみるうちに水ぶくれになるのを目撃してしまった。うわ、気持ち悪い。これはいったいどういう現象なのだ。

深夜に『家庭の医学』の皮膚病の項を調べてみるも、ぴったりくる症状がない。手の指だけを嚙《かじ》るダニ、というのはいないみたいだ。例によって真夜中にテレビを見ていた弟は、「水虫じゃねえの」と言う。

「うそっ。手も水虫になるの？」

「なるらしいよ」

そこで「白癬菌《はくせんきん》」の項を引く。たしかに水虫は足だけの病気ではないが、足が水虫じゃないのに手が水虫になることはあんまりない、とあった。

「ほら、違うよ。私の足は水虫じゃないもん」

「どうだかなあ」

本当だってば。結局、なにかのアレルギーだろう、ということに落ち着いた。昔の人が、説明のつかない出来事に遭遇すると「妖怪《ようかい》のしわざだ」と言ったように、今では私の体の不調のだいたいはアレルギーで説明される。近所の皮膚科も盆休みだしなあ。私の指は現在、新規の水ぶくれと治りかけの水ぶくれで、なんだかボコボコしている。「彼の節くれだった指が、私をそっと愛撫《あいぶ》し……」などという文章をよく見かけるが（いつもどんな本を読んでいるのやら）、それはもしかして、こういう指のこと？

妖怪といえば、京極夏彦《きょうごくなつひこ》の新刊（『陰摩羅鬼《おんもらき》の瑕《きず》』・講談社）を読んだ。私はたいてい、左手一つで本を読む。小指で右ページを押さえ、親指で左ページをめくり、残りの三本の指で背表紙を支えるのだ。しかし京極堂シリーズは新作ごとに厚みに拍車がかかっているので、この読書法もそろそろ限界だ。今回も読んでいて小指が攣《つ》りそうになり、右ページを右手で丸めるように握りながら読む、という変則技を駆使せねばならなかった。おかげで読み終わったときには、ページが扇のように開きっぱなしの本になってしまっていた。

熱狂的な読者が多数存在するこのシリーズ。みなさん、それぞれにお気に入りのキャラクターがいることだろう。私が、読むたびにいらいらさせられつつも「もう、しっかり！」と応援してしまうのは、関口くんだ（京極堂シリーズを未読の方への注・関口くんは小説家で、京極堂〔神主《かんぬし》にして古本屋主人。最後に憑《つ》き物落としをして事件を解決（？）させる〕の知人。いつも事件に巻きこまれる。シリーズが進むにつれて、関口くんのオドオドぶりも高じてきている）。

これまでは、関口くんが「私なんて……」とウジウジと自分を否定しだすと、「あんたはどうしてそんなに自信がないんだ」とどうにも歯がゆくってならなかった。だが最新作では、こちらも少しは大人になったからなのか、「好きなだけウジウジしたまえ」とすごく鷹揚《おうよう》に構えていられる自分を発見した。前作以来、五年ぶりのシリーズ新刊だそうで、もうそんなに経《た》っていたのか……。五年のあいだに私も、「関口くんだって、いろいろつらいんだよ」と思いやれるぐらいには、しんどいことがあったのだろう。とっさに思い出せないけど、たぶん。

関口くんは混乱が生じるとよくどもるのだが、私も先日、人生最高にどもった。昼下がりのマク◯ナルド。どの列が一番早いか……。老人がいる列は駄目だ。セットの仕組みとかがわかっていなくて、絶対に手間取るからだ。それから女子高生グループも駄目だ。「なににしよっかー」とキャピキャピ相談するからだ。私は慎重に見極めながら並んだ。そしてようやく自分の番が来て、考えておいた注文を急《せ》かされる気分で必死に伝え、ふぅと一息ついた。「ご用意いたしますので、少々お待ち下さい」と店員が言うから、ちょっと左脇《わき》にどいた。次の人がレジで注文しはじめる。

すると、つんつんとだれかが私の背中をつつく。「はて」と思って振り返ると、左隣の列に並んでいた赤ん坊連れの若い女性だった。彼女は私に、「あの、ここに並んでます?」と聞いた。

なるほど、私は注文の品が出てくるのを待つために、左側によけすぎていたらしい。左隣の列に侵入する形になってしまって、彼女は「あら、私の番じゃなかったっけ？」と不審に思ったのだろう。私は右側の列を示しながら、「いえ、こっちのレジで品物を待っているのです」と言おうとした。しかし口をついて出たのは、

「こここここッ」

だった。なんじゃそりゃ。私はにわとりか！　と内心ツッコミを入れる。いったい、このやりとりのどこに、そんなに狼狽《ろうばい》することがあったのか自分でもわからない。問いを発した女性も、さすがに私の動揺ぶりが滑稽《こっけい》に感じられたらしい。私たちは目を合わせ、「プフッ」と笑ってしまった。私はもう一度、今度は落ち着いて、「こっちの列で待ってるので、どうぞ」と言った。彼女は、もうわかっていただろうが、「はい、どうも」と言ってくれた。

もそもそとチーズバーガーを食べながら、改めて「こここここッ」の理由を考えてみた。注文を終えてボーッとしているところに、ふいを突かれたというのもある。つつかれたときに、私の背中の肉がぽよぽよしているのが自分でもわかって、「ああ、まずいな。痩《や》せないと。マク○ナルドを食べてる場合じゃないぞ」と余計なところに気がいってしまっていたのもいけなかった。しかしなによりも、「つつかれた」というのが、私の動揺を誘発した一番大きな原因ではあるまいか。

だれしもそうだと思うが、私は突然の身体的接触というものに大変弱い。雑踏を歩

いているときに人とぶつかってしまったり、満員電車でだれかの足を踏んでしまったりすると、ものすごく心にダメージを受ける。こっちが足を踏まれたときでも、なぜだか反射的に「すみません」と謝ってしまうこともあるぐらいだ。

つまり私は、相手との身体的距離感が適切に保たれないという状況が、すごく嫌なのだ（そのわりに、どんくさいものだから町でも電車でも頻繁に人とぶつかってしまうのだが）。武士か？　すれ違ったときに鞘《さや》が触れると、喧嘩《けんか》をおっぱじめたと言い伝えられる、江戸時代の武士なのか？　街頭でキャッチセールスをするあんちゃんが肩に手を触れてこようものなら、そのぐらいの勢いで飛びすさる。

それが、アラレちゃんが巻きウンをつつくときのように背後からつつかれたものだから、すごくびっくりしてしまったのだ。いや、彼女は悪くない。もしかすると私は、「すみません」と言われても気づかずにぼけっとしていたのかもしれない。それで彼女はやむなく、「巻きウンつつき作戦」に出たのだろう。

些細《ささい》な接触に過剰に反応するというのは、人への寛容度が低いということだ。私は一分間の反省を自分に課した。陽光まばゆいマク〇ナルドの客席で、冷めてゆく油のにおいに包まれながら我が心の内の関口くんに語りかける。

ねえ、関口くん。我々の挙動不審ぶりは、我々自身のかたくなさに起因するものじゃあるまいかね。いい年をして、いつまでもこんなことじゃいかんよ。もっとスマートに。いつだってオープンマインドで。頑張れ、我々……！

絶対に無理そうである。

変人の多い職業

これはSFX映像か!?　と思うほど、見る間に指にいくつも水ぶくれができ、猛烈なかゆみに襲われた私は、さっそく盆休み明けの皮膚科の門をくぐったのであった。気持ち悪いもの……皮膚科のスリッパ。そういう思いが前々からあったので、近所に新規開業した、土足のまま診察室まで入れる皮膚科を選んだ。

明るくて清潔な待合室には、壁掛け式の薄型液晶テレビジョンがあった。うおー、うおー、初めて生で見た！　なんだか宇宙船っぽい！　放映されてるのが高校野球、というのがまた、なんともそぐわない感じである。このそぐわなさは、たとえるなら、壁掛け式薄型液晶テレビジョンで見る「おしん」、だろうか（ちっともたとえになっていないかもしれぬ）。とにかく、ちょっと尻《しり》の座りが悪い組み合わせだよね。などと考えながら、前世紀の遺物的旧型宇宙船に搭乗している気分にひたる。

やがて先生に呼ばれ、診察室へ。これまた最新型のマッキントッシュが置いてあって、なんなのこの皮膚科！　先生、もしかして新型電化製品オタク？　休日は秋葉原を散策して過ごす派？　おそるおそるパソコン画面を覗《のぞ》いてみると、海外のサイトの学術論文らしき英語の文章がダーッと表示されていた。壁紙は、壁紙はなに？　それを知りたかった！

勝手にマウスを操って壁紙を確認するわけにもいかないので、エンタープライズ号とかじゃないかしら、などと想像するに留め、おとなしく椅子《いす》に座る（これは普通の回転型円形椅子だった）。そして、「どうしました？」と聞かれるよりも早く、「指がかゆくてたまりません！」と両手を突きだす。

先生（三十代後半ぐらいの男性）は私の指先を両手で捧《ささ》げ持つようにして、しげしげと眺めた。「ふーむ、ふーむ」。我が指を一本ずつ眺め、それを三往復ぐらい繰り返す先生。そのあいだ私は、「あ、マニキュアが剝《は》げている」とか、「かゆい！　また猛然とかゆくなってきよった！」とか思っていたが、ついに痺《しび》れを切らしてこっちから聞いた。

「あの、先生。この気色悪い水ぶくれの原因はなんでしょうか」

先生はやっと私の指を解放し、今度は机に向かって、何語かすら判別不能な横文字を、すごい勢いでカルテに書き殴りはじめた。そしてその合間に、

「汗、です」

と言った。そんな身近な単語が出てくるとは思っておらず、なぜかものすごいショックを受けた。

「え、じゃあこの水ぶくれの中身は……」

「汗、です」

そうなんですか。先生はカルテを書き終えたらしく、しょんぼりした私に再び向き直った。

「汗腺《かんせん》が細い、もしくは汗が出る穴自体が少ない人が、こういう症状を起こしやすいのです。行き場を失った汗が、水ぶくれになったりかゆみをもたらしたりします。これまでにもあったと思いますが？」

「うーん……あった、かなあ？」（喉元《のどもと》過ぎれば熱さを忘れるタイプなので、よく思い出せない）

「ここまで激烈な症状は初めて、と。なにか最近、手に大量の汗をかくような、緊張することなどはありましたか？」

「うーん……なかった、と思います」（とにかくすべての記憶が曖昧《あいまい》）

「そうですか。じゃあ、この夏の異常気象のせいで、発汗量がおかしくなったのかもしれませんね」

先生は処方箋《しょほうせん》を書いてくれて、「お大事に」と言った。

「あのあの！　なにか予防法はないですか？」

「強いて言えば、手を洗う、かな。いや、でもそんなの気休めだ（自問自答する先生）。これという予防法は、ありません。なぜなら、汗は出る！　ものだからです」

へヘーッ。遠山の金さんの裁きを受けた町人みたいに、私は深く納得して診察室を出た。

会計を済ませ、隣の隣ぐらいにある薬局へ向かう。これまた新しい建物で、男性の薬剤師さん（三十代半ばぐらい。茶髪）がいた。

彼はまずは、私の症状について尋ねた。

「お待たせしました。これからお薬をお渡ししますが、その前に。今日はどこがかゆくて来院しましたか？」

「指です」

薬剤師さんは私の水ぶくれを見て、「先生はなんと？」と聞いた。

「汗、だと」

ぬぬぬ。どうもこの原因には屈辱感を禁じ得ない。

「なるほど」

と薬剤師さんは言い、二種類の塗り薬の写真が載った紙を見せながら、特徴を教えてくれた。「本日お出しするお薬は、一つはかゆみを抑えるためのもの。もう一つはしぼんだ水ぶくれがガサガサするのを抑えるためのもの、です」

「はい」

と言ったが、釈然としなかった。なぜなら薬剤師さんと私を隔てるカウンターの上には、薄べったい円柱形の塗り薬の容器が、一個しか置かれていなかったからだ。

私の疑問を素早く察知したのだろう。薬剤師さんは、

「失礼！　説明が足りませんでした。二種類の薬を、ｍｉｘ！（本格的英語発音）してこの容器の中に入れておいてあります」

と言った。そして同時に白衣の胸ポケットから赤いボールペンを取り出し、説明書の二種類の薬の写真を棒線で結んで、「ｍｉｘ！」と但《ただ》し書きした。

「二種類の塗り薬を塗るのは、面倒くさいですからね。これで一度でＯＫです」

「どうもご丁寧に」

と私は礼を言った。

なんか妙なノリの皮膚科と薬局である。でも親切で熱心なのはたしかだし、靴を脱

がなくてもいいし、これから皮膚に異常を呈した際は、ここに通うことにしよう、と私は思った。

ｍｉｘ！　された薬のおかげで、原因は汗！　な水ぶくれのかゆみも治まってきたある夜。

友人腹《はら》ちゃんから電話があった。腹ちゃんは現在、お医者さんとして救急外来でバリバリ治療にあたっているのだが、今度いったん大学院に戻って、博士号だかなんだかの取得を目指すらしい。

「というわけで、院の入試が迫ってるのに、全然勉強してないんだよ。どうしよう、しをんちゃん！」

「迫ってるって、いつなの？」

「三日後。しかも私、明日は二十四時間戦わなきゃならない日（宿直のことらしい）なの！」

「ぎゃー、どうすんの！　私に電話してる場合じゃないでしょ、それ！　科目は？」

「過去問を手に入れたんだけど、まずは英語ね。英文和訳と英作文とヒアリングがあるみたい。ヒアリングは、私このごろ毎日、『タイタニック』のテーマ曲を聴いてるから、なんとかなるかもだよね？」

いや、なんともならないだろ。なんでそんなもんを毎日聴いてるのかね、きみは。それにしても、英・作・文。英語の勉強から離れて何年も経《た》つ人間に、いきなりきついパンチだ。私はおそるおそる尋ねた。

「どんな文章を英訳するの？」

「うーんとね、『この手術の場合、細胞なんたらかんたらの浸潤《しんじゅん》をどうたらこうたら……し、比較するに前述の手術法よりもうんたら……』」

腹ちゃんは一文が三百字ぐらいある、念仏みたいな文章を読み上げた。

「日本語の意味からしてわかんないよ！」

私はうめいた。「じゃ、専門分野の試験は？　なにか範囲はないの？　腎《じん》機能について、とかさ」

「範囲？」

腹ちゃんはフッと笑った。「あえて言えば、『医学』という範囲かな」

「駄目じゃん！　無理じゃん！　あと三日なんでしょ？」

「無理でしょー！　どうしよう！」

阿鼻叫喚《あびきようかん》とはこのことか、というぐらいに、私たちは電話越しにパニック状態になった。しかし、さすがは救急外来で鍛えられているだけある。やがて腹ちゃんが冷静さを取り戻した。

「いえ、待って。まだできることがある」

「なあに？」

「私、宿直明けに神社にお参りに行ってくる！　どこがいいかな？　浅草寺《せんそうじ》？」

「神社行ってる暇があったら、勉強しろー！」

そうかな、最後は神頼みしかないよ、と「医者としてどうなのそれ」的発言をした腹ちゃんのために、私が明日にでも、近所の神社に行って合格祈願してくることになった。

男女はつらいよ

向かいあって座る僕たちには、もうなにも話題がない。

恋愛末期の様子をそんなふうに表す歌がどこかにありそうだ。などと冷静に述べてみたが、いまの私がまさにそういう状況だ。すみません、なんにも話題がないんです！　さっきからもう三時間も、我が愛《いと》しの青リンゴちゃん（マッキントッシュ）とにらめっこしているのに、語るべき事柄がなにも思い浮かばない。しびれを切らした青リンゴちゃんは、省エネのために「フシューッ」と画面を真っ黒にしてしまう。そのたびに、「困っている私を残して先に寝るな！」と、マウスのボタンを押して無理やり覚醒《かくせい》を促す。

「話題」について一度考えだすと、自分自身に対する信頼感がどんどん揺らいでくる。「話題がない」と殊更《ことさら》に騒ぎ立てているが、結局いつもオタクな話しかできていないじゃないか。我に返ってしまうと、ますます語るべき事柄などなにもないような気がしてくるのだ。

悶々《もんもん》としていたら、腹ちゃんから電話があった。

「受かったのよ、大学院に」

「おめでとう！」

「しをんちゃんが神社にお参りしてくれたおかげだわ～」

と、腹ちゃんは言う。たしかに約束どおり、代理で神頼みはしたけれど、合格の原因は絶対にそれではないような……。

「いやいや、腹ちゃんが毎日『タイタニック』のテーマ曲を聴いて勝ち取った合格だよ」

と、謙遜《けんそん》（？）しておいた。

とにかくめでたいことである。腹ちゃんは、

「これから数年間は、カレンダーどおりの規則正しい生活を送れるわ」

とうきうきしている。「合コンとかにも、心おきなく参加できるのよ。なんて素晴らしいの！」

「合コンねえ……。近ごろじゃあ、まわりでもとんと合コンの話を聞かなくなったけど」

一回もお呼びがかからないうちに、私は合コンする年齢を越えることができたのだろう。馬小屋にひそんで、流行するペストをやり過ごしたロンドン市民、みたいな気持ちでホッと安堵《あんど》の息をもらしていたのだが、腹ちゃんはまだまだ諦《あきら》めていなかったらしい。

「あのね、それは合コンの名称が変わったからだと思う」

と、腹ちゃんは言った。「私も先日、友人から聞いたんだけど、この年になると『合コン』はしないんですって。『ホームパーティー』をするんですって。内実は同じなわけだけど」

「ホームパーティー！」

私は度肝を抜かれた。合コンも私にとっては「天空の城ラピュタ」ぐらいに遠い場所だったが、さらにホームパーティーとなると「宇宙に飛んでいっちゃったラピュタ」ほどに遠い。もう決してたどり着けやしない。

「ホームパーティーっていうと、よくコンサバ系の雑誌などで紹介されている、あれですか。『あたたかいおもてなし。セレブの素敵な週末』みたいな、みんながシャンパンを持ち寄ってだれかの家に集い、ランチなどを食したりする、あれですか。招待客の顔ぶれの中に、必ず和泉元彌《いずみもとや》がいる印象のある、あれですか！」

「そうそう、それ」

まくしたてる私に対し、腹ちゃんはのんびり答えた。「そのホームパーティーを、どうやら実際にしている人々が存在するらしいのよね」

「ほお……」

親しい人と家で昼飯を食べるのではなく、知人の知人ぐらいの距離にある人をも家に招いてパーティーをする。しかもその目的が実は、男女の出会いの場をセッティングすること。わからない……。世の中にはわからないことが多すぎる。彼らが人間だとすると、私は木にぶらさがったナマケモノだ。私が人間だとすると、彼らは浜辺でのたうちまわって相手を探す発情期のオットセイだ。

そんな意地の悪いことを考えてにやにやしていたら、腹ちゃんは私が興味津々《しんしん》なことを敏感に察したらしい。

「私、その友人のホームパーティーに行ってみたいと思ってるんだよ。なんか面白そうじゃない。しをんちゃんはどう?」

「いやあ、面白そうではあるけれど、私は遠慮する」

「なんで?」

「だってそんな場で、いったいなにをしゃべればいいわけ?　なにが共通の話題なのかもわからないような、遠いつながりの人たちと」

「共通の話題があるかどうかを探るんだよ」

それは面倒くさいわね、と私は心の内で考える。その一回きりで、あとはもう一生会うこともないかもしれない人と、表面上はなごやかに昼ご飯を食べながら腹の探り合い。ただでさえ話題の選択に自信がなくて悩んでるのに、そんな気の張る場所に行って楽しめるわけがない。

「どうやって探ればいいのか見当もつかない」

と私は言った。腹ちゃんは、

「大丈夫！　合コンでの経験からして、たいがい男の人がべらべらしゃべるから。女の人は『そうなんですかぁ』なんて適当に相槌《あいづち》を打ちながら、ご飯を食べてりゃいいんだよ」

と請け合った。よかった、男じゃなくて！　私の顔には、みるみるうちに太陽の黒点ぐらいの大きさの邪悪な笑みが広がったのだった。そういう場で如才なくふるまえる「モテる男」とはどんなものなのか、非常に気になるが、なんとなく予想もつくので、

「腹ちゃんが行って、ホームパーティーの実態を見てきてよ」

と答えるに留めた。こうして私は、またも出会いのチャンスと話題選びの腕を磨くチャンスとを逃したのである。

なぜ合コンやホームパーティーが苦手なんだろう、と考えるに、ガツガツした部分をマイルドな表皮でたくみにコーティングしてあるからだと思う。目的と手段がちぐはぐな感じがするというか。それぐらいなら、同じ村に住む者同士が、歌ったり酒を飲んだりしながら野山でセックスしたという歌垣《うたがき》のほうが、「明朗会計」って感じでマシかな、という気がしてくる。

合コンにもホームパーティーにも縁がない私の、負け犬の遠吠《とおぼ》えなんだが。つまりは話題に乏しいから初対面の人が集う場には行きたくない。行きたくないと敬遠してるうちに、新たな情報を仕入れる場がどんどんなくなっていって、話題の乏しさに拍車がかかる。おお、この悪循環の沼からどのように脱出すればいいのであろう。

ちなみに私が理想とする話題運びは、『魁《さきがけ》!!　クロマティ高校』（野中英次・講談社）のクロ高四天王（でも五人いる）の皆さんの会話だ。彼らは「四天王定例会議」の席上で、いつもすごく真剣に「ささやかな幸せ」などについて語り合っている。この「幸せ」がまた、真に迫ったしみったれぶりを呈するささやかさで、ホントにいい。「自己紹介がわりに、ささやかな幸せを感じる瞬間を話してください」。ホームパーティーではきっと、参加者の親交を深めるために、こういうお題が各自に課せられるのだろう（ホームパーティーに対して偏見がある）。参加者はきっと、「朝食の席でマイセンのカップから立ちのぼるコーヒーの湯気を見ると、幸せを感じます。田所香苗です、よろしく」とか言っちゃうんだろう（激しく偏見がある）。いやだいやだ。私はクロ高四天王を見習って、「『コレひょっとして損してんじゃねーか？』というぐらいビミョーな幸せ」を探すことに、全力を傾注したいと思う。

私の自己紹介の言葉はこうだ。

「先日、バスの運転手がバスカードの機械の操作を誤って、本来私が払うべき乗車賃より四十円も高く徴収されました。猛然と抗議したら、『すいません、じゃあ次に乗るときに申告して四十円分安くしてもらってください』と妥協案を提出され、なんでも言ってみるもんだと幸せを感じました。三浦しをんです、よろしく」

もちろん、次に乗ったときに「四十円分安くしろ」と申し出ることなどできはしなかったのだが。

気づきがたりないのはだれなんだ

町へ出て友だちと遊んだ。歩いていて発見があった。ティッシュ配りの人が、私にはティッシュをくれない。私の前後を行く若いお嬢さんがたにはティッシュをあげるのに、私が横を通り過ぎるときには知らん顔だ。ようやくもらえたと思ったら、「お金貸します」系。おかしい。夏前ぐらいまでは、私もテレクラのティッシュを手の中に押しこまれていたのだが。髪の毛がボサボサで体重が増加したのがいけないのか、それとも経費削減で配る相手の年齢を厳しく見極めるようになったのか、どちらなのだろう。どちらにしても、テレクラなんだから外見は関係ないだろ、と釈然としない。ティッシュが欲しい。

有楽町で待ち合わせしていたら、友人Iちゃんは半袖姿《はんそで》で颯爽《さつそう》と現れた。大きな荷物を抱え、「沖縄みやげ」と言って「タコライスの素《もと》」をくれたので、なるほど旅行帰りに直接来たのだな、と合点した。なにしろ風が冷たくて、薄手のコートを羽織った人もいるぐらいの陽気だったのだ。

ところが話しているうちに、彼女が沖縄から帰ったのは前日だということがわかった。着替える暇があったのに、なぜこの人はまだ半袖のままなんだろう。私は寒風に吹かれながら、激しく疑問に思ったけれど、つっこむのはやめておいた。

一緒にガツガツとお昼を食べ、デパートをいろいろ見てまわった後、Iちゃんはポツリと言った。

「半袖を着てるのなんて、私ぐらいだね」

「うん、ようやく気づいてくれたか。私は最前からそれが気になって気になって……。寒くないの？」

「寒くはないかなあ」

Iちゃんは体が丈夫なのだ。「だけど、一人だけ薄着の小学生男子みたいで、ちょっと恥ずかしいわ」

Iちゃんはデパートでコートを買った。スナフキンみたいにステキなコートだ。真冬用なのに、店員さんに「いま着ていかれますか？」と尋ねられていた。やっぱり店員さんも、Iちゃんが半袖一枚なのが気になったのだろう。Iちゃんは「まだ早いから」と謹んで辞退し、コートを紙袋に入れてもらっていた。

Iちゃんは最近、「気づきのたりない症候群」という説を提唱している。彼女のまわりには、高収入で顔もよく、人格にも問題はないと周囲が太鼓判を押す男がわんさかいる。しかし彼らには総じて、彼女がいない。

「ものすごく理想が高いからだよ」

とIちゃんは言う。「そのくせ、彼女が欲しいと口では言うの。彼らは、自分が現実ではありえないほど高い理想を追っていることに、気づいていないんだと思うな」

社会的に評価が高い男というのは、本人が自分自身にあらゆる面での完璧《かんぺき》を求めた結果、できあがるのである。だから彼らは、弱味を他人に見せることに慣れていない。だれかと個人的に親しくつきあうのは、いろいろとだらしない姿を見せることにも繋《つな》がる。彼らは、自分が相手にだらしない姿を見せることにも、また逆に、相手のだらしない姿を見せられることにも、我慢がならないのだろう。仕事が忙しいことも相まって、彼らは「私生活でだれかと親しくつきあう」ことを敬遠するようになる。

「彼女が欲しいと言ったって、自分が堅固な鎧《よろい》をまとっていることに気づかないうちは、絶対に無理だよ！」

とIちゃんは力説する。「そこで私は、どうすれば彼らに『気づき』をもたらすことができるか、このごろ考えてるんだよね。どうしたらいいと思う？」

「ふうむ。社会的に評価の高い、いわゆる『いい男』には、我こそはと思う女性たちが群がるものだからね。その競争に勝ち抜いて、彼の頑《かたく》なな心を溶かすには……」

私の頭の中で、これまで読んだハーレクインや少女漫画のあんな場面、こんな場面が走馬燈《そうまとう》のごとく浮かんでは消えた。「わかった！『ドジッ子作戦』が有効だと思うわ」

「それはなに？」

「つまりさ、いい男は、いい女には食傷気味なわけ。どれだけ完璧と思われた女も、彼の心の空虚を埋めることはできない。なぜなら、彼は完璧であろうと心がける自分に、気づかぬうちに疲れちゃってるからよ。それで恋愛とも疎遠《そえん》になっている。そんなある日、顔とか頭とかはフツーなんだけど、放っておけないようなドジッ子と出会い、彼の心は激しく揺さぶられるのであった……。『こんなダメな女は初めてだ。だけど目が離せない。一緒にいておもしろいし、なぜだか心がなごむ』と」

これが昔の少女漫画の王道を行く恋愛じゃなかろうか。「なんでこんな女に」とヒーローも読者も思うのだが、キュートな魅力とドジぶりで男の心をがっしり摑《つか》む。

「なるほどね。隙《すき》を見せて、『私ったら完璧じゃないんです。だからあなたも、肩肘《かたひじ》張らなくていいのよ』と気づかせてあげるわけね」

「そうそう。Iちゃんが実行に移すとしたら、いい男の前でバカスカご飯を食べる、とかどうかしら。『すごい食べっぷりだな、女の子とは思えん。だけどかわいい』みたいな」

「それ、もうやってる」

　とIちゃんはうなだれた。「仲間内でわいわいと飲んだり食べたりするたびに、いい男が『すごいな、Iさん』と賞賛の言葉をくれるわ。でもそれだけで、なにも進展はないね」

「素直に感心するしかないレベルの大食いぶりを見せつけちゃダメなのよ。『支えてあげたい』という余地をちょっと残すのが重要なの」

　実践できたためしがないのに、私はもっともらしくアドバイスする。そしてそのとき気がついた。

「あら、Iちゃん。ブラの紐《ひも》が落ちてきてるみたい。半袖の袖口から見えてるわ」

「まあ、失礼」

　Iちゃんは物陰でこそこそとブラジャーの紐を直した。私はひらめく。

「ブラの紐をいつも袖口から覗《のぞ》かせとく、っつうのはどうかしらねえ。下着の一部が見えてるわけだから、ちょっと色っぽくもありつつ、ドジッ子的な隙があって、いい男のハートを撃ち抜くことができるんじゃないかな」

「絶対にいやだ」

Iちゃんはそろそろ、私にこの相談を持ちかけた愚を悟りだしたらしい。「いい男の前で、ブラの紐を覗かせて歩くなんて！　いくらなんでも、そんなところから恋に発展しないよ」

たしかに、な。いくらいい男だからって、ワイシャツから乳首が透けてたりしたら、私もちょっと、いやかなり、幻滅するような気がする。好感度の高い隙を意図して作りだすのは、すごく難しい。それができる人を、「もてる男」「もてる女」というのではなかろうか。

とにかく、いい男の前で積極的に転んだり物を落としてみたりしておけ、とIちゃんにドジッ子指導をしておいた。三十年ぐらい前の少女漫画的戦法だが、はたしていい男に本当に通じるのか……。でもどうせ、「社会的評価の高い完璧な男」なんて、ママの言うことをよく聞いて勉強と健全なスポーツしかしてこなかったような奴《やつ》だろうから、基本的には単純だろう。と、どこかで高をくくってもいる。

私ときたら、すごい自信だ。根拠も実績もないくせに。

はやく（高潔な）人間になりたい

先日、車に轢《ひ》かれたのである。

というと、大層な事態が起こったかのようだが、実際は右膝《ひざ》側面にバンパーがちょっとぶつかった程度だった。ぶつかった瞬間は、「イテッ」と思ったが、家に帰って「馬につける薬」（打ち身や捻挫《ねんざ》や筋肉疲労などによく効く。元々は競走馬用に開発されたらしい軟膏《なんこう》）を塗ったら、内出血も起こらず痛みも持続せず、今となっては車とぶつかったことそのものが幻だったかのように思える。

どういう状況でぶつかったかを説明すると、私は本屋帰りにほてほてと家の近くの道を歩いていた。そうしたら近所の家の車が、切り返しをしつつ車庫入れを試みているところであった。私には、道路をふさぐ格好のその車の前方を横切る必要があった。そこで、車庫入れが終わるのを待とうと立ち止まったのだが、先方（運転者）も私の存在に気づいたのか、車の動きを一時中断した。なるほど、切り返しにはまだ時間がかかりそうだから、先に私を通らせてくれる心づもりなのだな、と合点した私は、軽く会釈《えしやく》をしながら車の前を横切りはじめた。ところがその直後、運転者はなにを思ったか再び切り返しを開始し、バンパーが私の膝に当たった、というわけだ。

考えられる可能性は、二つある。

一、運転者は以前から私に恨みを抱いていて、この機に轢いてやるか、と思い立った。

二、運転者が車庫入れを中断したのは、ひたすら運転者の個人的理由（腕が疲れたとか）によるものであって、運転者は歩行している私の存在にはてんから気づいていなかった。

だれかから殺したいほど恨まれる、というのは小心者の私としては歓迎すべからざる状況であるので、突然の車庫入れ再開のわけが、「二」の「私の存在にはてんから気づいていなかった」にあることを願いたい。

停まっていた車が切り返しのために動いた程度だから、当然のこと、衝撃はそうたいしたものではない。「イテッ」と思ったものの、私の頑健な脚はふらつくこともなく、そのまま歩調を乱さずにスタスタと車の前を通過した。しかしその（衝突の）瞬間、「どういうことなんだ、こりゃ」と私が思わず口走り、その胸中を、「もしかして狙《ねら》われている？」「ちゃんと周囲を確認しろよな！　免許見せてみやがれ、このやろう！」「もしも私がヤのつく職業だったら、この一件だけで一千万はふんだくってやるところだが」などなどの想念がよぎったのは、いたしかたないことであろう。

しかし同時に私の内には、「運転しているのは、この家の奥さんか旦那《だんな》さんか、はたまた息子か。私の膝に鉄の塊をぶち当てたのがだれなのか、ぜひとも確認したい。だがここで運転席をにらんだりしたら、角が立つやもしれぬ。近所づきあいの重要性という点からも、それは得策ではあるまい」という思いも浮かんだ。そこで、「イテッ」と思いはしたが、運転席の内部を一顧《いっこ》だにせず、何事もなかったかのようにスタスタと歩み続けたわけである。ところがそうして歩み去りながらも、私には依然として、「いやいや、そうは言っても、衝撃があったのは明白なのであり、今にも運転席から奥さんか旦那さんか息子かがまろび出てきて、『大丈夫だった!?』と私の安否を問い、謝罪することであろう」という期待もあったのだった。その際に私は、決して嫌味にならない笑みを浮かべ、「あ、大丈夫ですよー。ご心配なく」と爽《さわ》やかに相手を安心させて、スマートにその場を立ち去ることを心がけなければならない。そのシミュレーションをしつつ、ならびに、今か今かと背後からかけられる声を待ちつつ、衝突現場から自宅の門までの十数歩の道のりを歩いたのだった。

もちろん、ついに運転者（性別年齢未確認）からの声はかからなかった。

玄関の扉を閉めた私は、憤激に燃えた。

考えられる可能性は、二つある。
一、運転者は、明らかな衝突の衝撃を感じ、「しまった、ぶつかったか!?」と思いはしたが、スタスタと歩み去る私を見て、「あ、平気なんだ。はー、驚かせやがって」と得心し（もしくは開き直り）、謝罪の必要を認めなかった。
二、運転者は、衝突の衝撃自体に気づかなかった。よって、謝罪をする必要性など脳裏によぎるわけもなかった。
この場合、「一」における運転者の心情は、さらに細かく、二つの道筋のどちらかを辿《たど》ったと分析することができよう。それは、以下のとおりである。

一ノ1、ぶつかったことは確実であるが、その後の私のなにくわぬ行動から、「たいした打撃を与えたわけではない」と判断し、「謝罪には及ばない」と考えた。

一ノ2、ぶつかったと思いはしたが、その後の私のなにくわぬ行動から、「どうやらぶつかったと思ったのは勘違いだったようだ」と判断し、「謝罪には及ばない」と考えた。

以上から私は、いくつかの教訓を得た。

一、人は、みずからに不利益な事態が発生した（もしくは、しそうな）場合、その原因をなかったことにする傾向にある。

二、人は、みずからに不利益な事態が発生した（もしくは、しそうな）場合、その原因を自分に都合のいいように改変する傾向にある（無意識的になのか、意識的になのかは、本人にも判然としないことが多かろう）。

さらに重要な教訓は、以下のごときものである。

一、人は、「大丈夫ですよ、ご心配なく（他の例「いえいえ、名乗るほどのものではございません」）」という素振りを見せつつ、それでも相手が重ねて、「そういうわけにはいきません。後ほど菓子折を持参します。必要とあらば、通院費などのご相談をさせてください（他の例「そうおっしゃらず、ぜひともお名前をお聞かせください。改めてお礼をしたく存じます」）」と言ってくれるのを、浅ましく期待する心を消しきれるものではない。

二、人は、突発的事態に際しては、なかなか自分の意にかなった演技ができるものではない。

私の内に、謝罪や謝礼の言葉を期待する浅ましい心があることについては、発見したのがこれが初めてというわけでもないから、そこに新鮮な驚きはない。しかし、

「突発事における自分の演技力の欠如」は、新たな発見であった。

　謝罪を期待するのであれば、私は衝突の瞬間に、声に出して「イテーッ」と叫び、膝を抱えてよろよろとその場にうずくまるべきだったのだ。それをせずに、咄嗟《とっさ》のうちに、「近所づきあいに角が立つといけない」「そんなに激しくぶつかったわけでもないし、ま、いいか」などという考えをまわした冷静さというか、ある種の卑屈さというか、そういうものが自分にあることは驚きである。そして、演技力を発動できず、むしろ冷静と卑屈とをフル回転させて、なにくわぬ顔で歩き続けたにもかかわらず、相手の謝罪を期待してしまう己れの心の働きが、ますます自分自身の卑屈さと計算高さとを際《きわ》だたせる。

　玄関の扉を閉めてのち、私を襲った憤激は、車をぶつけやがった運転者に対するものというよりは、被害を声高に訴える度胸もないくせに浅ましき期待をした（そして、その期待をあえなく裏切られた）自分自身への、羞恥《しゅうち》とふがいなさとに、より多く起因すると見なければならない。

　このたびの一件から私は、「もっと自分に正直にならねばならぬ」と胸に誓った。咄嗟の演技力を磨き、自分の被《こうむ》った被害に対して泣き寝入りをすることなく、大げさなぐらい声をあげる。そのかわり、もしも私に非があって何事か芳《かんば》しからぬ事態が出《しゅっ》来《たい》した場合には、潔《いさぎよ》く謝罪することを心がける。言葉や態度にせぬのに、相手からのなんらかの補償のみを内心で期待するのは「卑怯《ひきょう》」の一言に尽きるからであり、自分の不手際によってなんらかの被害を他人に与えた可能性があるのに、己れの内で勝手に得心（もしくは、無意識的にせよ意識的にせよ、事実を都合のいいように改変）して口をぬぐうのも、また「卑怯」の一言に尽きるからである。

私は、市民生活において以上のようなことを心がけるべきであると、身をもって痛感（まったくもって字面《じづら》のままに「痛感」）したのであった。

というようなことを、今週は考えておりました。

ちょっといつもと文体が違うかもしれないような気がすることもなくはないのは、いま私が、大西巨人『三位一体の神話』（光文社文庫・上下巻）を夢中になって読んでいるからだ。去年、『神聖喜劇』（作者同じく・光文社文庫・全五巻）を読んだ興奮は今も生々しく、今回『三位一体の神話』が文庫化されたのを新聞広告で知り、即座に購入した。期待と予想に違《たが》わず、この作品も大変おもしろい。作家の殺人事件をめぐるミステリーなのだが、どうにも途中で止《や》められない。「読んでる場合じゃないって」と自分を諌《いさ》めても諌めても、手がページをめくってしまう。

昨日は徹夜して上巻を読了した。そして今日も、午後の大半を費やして下巻を順調に読破中だ。こんなに欲望のおもむくままに暮らしていたら、我が社会的信用（そんなものがあるのか？）が地に堕《お》ちる（ついでに原稿も落ちる）結果になってしまう……！　と慄然《りつぜん》とした私は、泣く泣く読書を中断し、この原稿に取りかかった。しかし、心は大西巨人の傑作小説にとらわれているため、なんとなく文章が大西巨人調になってしまった、というわけだ（もちろん、あくまで「調」なだけであって、本物の文章と内容と思想は「ものすごい」としか言いようがないことは、改めてお断りするまでもない）。

私の衝突（というか、ごくごく軽微な接触）事故の顚末《てんまつ》と、それにまつわる思考の軌跡は、右に記したとおりである。

つけくわえれば、「ここまで相手と己れの感情と思考を分析した俺さま」という得意な気持ちがたしかに今、自分自身に芽生えており、その得意ぶりがまたなんとも、「なんていやなやつなんだ」と自己嫌悪《けんお》を生ぜしめる。しかし、そこで自己嫌悪を感じるのは、あるいは一面では自分の心の清明さを証しているのではあるまいか、などと悦に入ったりして、この無限の「自己嫌悪→そんな自分大好き」ループをどこで断ち切ればいいものやら、出口は見えないのだった。

最近の事情

電車の中で偶然、古本屋で働いていたときに同僚だったM木さんに会った。私たちの共通の知人であるHさん夫婦に、最近子どもがうまれたとのことで、赤ちゃん話で盛り上がる。

「あ、私いま、良平君（赤ちゃんの名前）の写真を持ってますよ」

と、M木さんが鞄《かばん》の中を探った。ど、どうして自分の子ではないのに、M木さんは写真を持ち歩いているんだろう。たじろぐ私に、M木さんは「ほら」と携帯電話を示した。なるほど、携帯メールで写真が送られてきたのか！　世の中の進歩の速度に、いまいちついていけていないのであった。

携帯の画面を覗《のぞ》きこむと、I子さん（Hさんの妻）にあやつり人形のごとく抱えられた、良平君（二カ月）の姿が。あ、愛らしい……。M木さんと私は赤ん坊の写真を眺め、車内でしばしホワンとしていた。

「それにしても、『良平』というのは簡にして要を得たいい名前だね」

「そうですよね～」

とM木さん。「私はいま、赤ちゃん雑誌に関係する仕事をしてるんですが、近ごろの赤ちゃんの名前って、めまいがするようなものばかりなんですよ」

「ああ……。暴走族の壁の落書きみたいな、ものすごい当て字の名前とか多いよね」

「だから『良平』君にしたと聞いたとき、かえって新鮮でいいなと思いました」

名前というのは本当に難しい。読みやすく呼びやすく、なおかつ長年の使用に耐えうる強度もなければならないのだから、親も嬉《うれ》しい悲鳴をあげつつ頭を悩ませるのだろう。

Hさんは古本屋さんなので、仲間の同業者から、赤ちゃんの名前案があれこれ寄せられたらしい。「『古』という字を入れたほうがいい」とか（うまれたての赤ちゃんなのに！）、「『均一《きんいち》』はどうか」（表のワゴンで三冊百円じゃないんだから！）とか。ひとの子だと思って、みんな勝手なことを言っている。

「Hさんも、すごくいろいろ迷って、さんざん悩んでようやく、良平君と命名したらしいですよ」

と、M木さんは言った。「ところがね。I子さんは産後、良平君と一緒に里帰りしていたんですが、Hさんはそこへ電話をかけてきて開口一番、『りょうすけは元気か』って聞いたらしいです」

「だれやねん！」

思わず大阪弁でつっこんでしまった。Hさん、息子の名前をさっそく間違えてるし。まさか、なんと命名したか覚えてなかったんじゃあるまいな？

「ねえ？　I子さんも、『あんなに迷って決めたのに』って、ぼやいてました」

うーん、前言撤回。名前なんて、まあなんでもいいっちゃあ、いいのかもしれない。しかし、あんまりいろんな呼び名があると、赤ちゃんが奔放に育っちゃうような気がするなあ。良平君が、「で、俺は結局、良平なのかりょうすけなのか、どっちなんだ」と混乱しないことを祈る。

世の中の進歩といえば、最近はコスプレをしてプリクラを撮るようだ。私が知らなかっただけで、これは最近はじまったことじゃないのかもしれないが。衣装を無料で貸しだしてくれて、更衣室まであるゲームセンターがあるらしい。久しぶりに会った高校時代の友人が教えてくれた。

「へえ、どんな衣装があるの？　お姫さまみたいなドレスとか？」

「ううん、ピンク色の看護婦さんの服とか、ラメラメのチャイナ服とか」

ぎゃふん。「おとぎ話系」というよりは、「働くお姉さん系」のコスプレなのか。友人のプリクラを見せてもらうと、ものすごく丈の短い赤いチャイナ服を着て、青い羽根の扇子を持ち、全身でばっちりポーズを決めている。ノリノリである。

「す、すごいね。これはなんというか……」

「キャバクラの看板みたいでしょ？　きゃは」

と、友人は笑った。「動きがないとつまんないなと思って、ポーズ研究するうちに、なんでだかどんどん看板じみてきちゃって……。友だちに、『こういう写真、新宿とかにいっぱい貼《は》ってあるよな』って言われちゃったよ」

キャバクラの看板っぽいかどうかについては、コメントを差し控えさせていただくが、それにしてもまばゆい。美しい手足を惜しげもなくさらけだしておるではないか。アイドルの写真集を初めて見た初老の紳士みたいな発言だが、とにかく私は感心してしまった。

いきなり「着ろ」と言われても、私はこんなチャイナドレスを着られないぞ。二の腕とか太ももとかタルタルだからな。街を行く女性がどんどん美しくなってきていると思っていたのだが、それはやはり錯覚ではなかったらしい。顔だけじゃなく、体も美しい人が多いのよね。時流に逆行して膨張してる場合じゃないぞ、と現在のプリクラ事情を知って、自分を戒めたのであった。

友人はビーズのアクセサリーを作る仕事をしているのだが、これがデザインも素敵なものばかりで、とっても綺麗《きれい》なのだ。この輝きはすでに、ビーズじゃない。宝石である。指輪をもらった私は、気に入って家でも装着している。歩く広告塔として、みんなに見せびらかす所存だ。

「前からこういう細かい作業が好きだったっけ?」

と聞いたら、

「そうでもない」

というお答え。「でも、ピンセットで小さなダイヤをつまんで、針みたいなので転がしているうちに、どんどん器用になった」

ダダダ、ダイヤ!?

友人は宝石の鑑定士の資格を取ったのだった。しばらく会わなかったうちに、ゴージャス度に磨きがかかっている。

宝石鑑定というのは、聞けば聞くほど奥が深くておもしろい。資格取得も大変で、「教科書が三十キロぐらいあった」とのこと。しかもその内容が、展開図とか反射率とか溶液に沈めると浮かぶか沈むかとか、まるっきり理数系。美を鑑定するのには、数字や科学的知識が必要なのだ。

「理数系なんて一番苦手で、避けて通ってきたのに、こんなことになるとは思ってなかったよ」

と友人は言った。

かつて、理数系の授業ではもっぱら睡眠を取ってしまっていたが、いやあ、どこで必要が生じるかわからない。私も先ごろ、小説を書くうえで化学式を考える必要に迫られ、すごく困ってしまった。もちろん初歩の初歩な化学式なんだが、すっかり忘れちゃっていた。やはり授業中に寝てたのがいけなかったのか。でも悔しいので、「後悔するから、ちゃんと勉強しておきなさい」と言うような大人には死んでもならない覚悟だ。いいんだ、不得意な分野やわからないことは、わかる人に聞けばいいだけのことなのだ。

しかし、「宝石鑑定」という職業に直結して理数系知識が必要となってくると、「聞けばいい」ではすまない。友人は三十キロの教科書で勉強しまくって、無事に資格を取ったというわけだ。すごいよ、すごすぎるよ、あんた！　友人がますます、まばゆく輝いて見えたのだった。

「宝石鑑定」って、つまりはほとんど「ダイヤモンドの鑑定」のことを指すらしい。

鑑定の基準が確立されていて、なおかつ市場に出回るルートが一つしかないから、だそうだ。そういえば、採掘と流通経路が一つの組織に独占されているということが、以前に読んだBL小説に書かれていたっけ。BL小説は、「職業小説」としての一面も持っているので、世の中にあるあらゆる職業について、ちょっとずつ詳しくなれるのであった。ためになる読書。

友人は、「ダイヤの指輪がご入り用のときは言ってネ。鑑定士の知り合いも多いから、いいものを安く手に入れられるわよ！」と言ってくれた。ごめん。しばらく、ていうかもしかしたら永遠に、ご入り用にはならないかもしれないよ……。

なげやり人生相談

ちー（「やる気のない運動部」的、なげやりな挨拶《あいさつ》）。みんなからのお悩みの声、俺の心にビンビン届いてるぜ。安心したまえ、さくさく解決してしんぜよう。

【相談　その二】常に仕事ばかりしちゃう自分を、なんとかしたいんです。

【お答え】ああ〜、この悩みはね、私もわかります。なに、「おまえはダラダラするばっかりで、ちっとも仕事してないだろ」ですって？　そんなことはない。私ったら漫画を読む以外には楽しみもなく、恋とも非行とも無縁で、毎日まじめにしこしこ仕事してるもの。ただ、漫画を読んでる時間がすごく長い、ってことだけが問題かな。

　この相談者のかたもね、仕事以外になにか楽しみを見つけたらいかがでしょうか。それも「趣味」なんてなまぬるいもんじゃなく、人生を賭《と》しても悔いのないような楽しみを見つけるんです。私にとっての、「ＢＬ漫画、ＢＬ小説の熟読玩味《がんみ》」に類するような、壮大な楽しみをね。

　そうやって夢中になれるものがあれば、生活に張り合いができるし、仕事なんて手につかなくなります。いやいや、うそうそ。ちゃんと仕事してるってば。……。とにかく、自分にとっての「楽しみ」を探してみましょう。

しかし、「どうしよう、なにか探さなきゃ！」と焦《あせ》るのは禁物。その場合は、「楽しみが一つもない自分」を楽しめばいいのですから。

というような、綺麗事《きれいごと》に終始した回答って、屁《へ》のつっぱりにもならなくてイヤだよな。よろしい、具体的かつ即効性のあるアドバイスをしましょう。

あなた、篆刻《てんこく》をしなさい。篆刻ってほら、掛け軸の絵とかに、赤いハンコが押してあるでしょ。あのハンコを彫るの。私もこのあいだ初めて知ったのだが、あれって「趣味」の範疇《はんちゅう》を越えてます。篆刻「道」なの。仕事のかたわら、篆刻道を極めてみてください。

三章　乙女たぎる血

なんで伸びたの？

ぼくもう疲れたよパト〇ッシュ……。「貧乏ヒマなし」ってホントだったんだと、このごろつくづく思います。たぶん、ふだん勤勉に働いておかないから貧乏になって、そこから「こりゃまずい」と泡を食って仕事をするから、私は貧乏かつヒマなしなんだな。「計画性」ってなに？

以前は一週間に二度ぐらい爪《つめ》を切らないと、伸びちゃって伸びちゃってしょうがなかったのだが、最近は十日にいっぺんで充分だ。そのかわり、髪の毛がにょろにょろ伸びる。エッチなことばかり考えてるから、ではなくってよ。「苦髪楽爪《くがみらくづめ》」といって、苦労していると髪は伸びるのです。よよよ。

ま、自業自得《じごうじとく》ムード濃厚な苦労自慢はこれぐらいにして、今週私がなにをしていたかというと、知人が送ってくれた盆栽用松の木の植え替え。まだふさわしい盆器を見つけられていないので、二十本ほどの松の木を、緊急措置として大きな植木鉢にまとめて植える。密集して植わった小さな松の木たちは、なんだか植物じゃないものに見える。植木鉢と一体化したシルエットが、まるでパンクロッカーの巨大生首のような……。庭先を見るたびにギョッとするので、早いところなんとかしなくては。

それから、歌舞伎座《かぶきざ》に行った。『盟三五大切《かみかけてさんごたいせつ》』という芝居を見て、とてもおもしろくて大満足だったのだが、不思議でたまらないこともあった。私の後ろの席に、黒いスーツをビシッと着た茶髪の若者が、二十人ばかりずらりと座っていたのだ。

実は地下鉄の階段を上がって歌舞伎座の前に出たときから、私はその人たちが気になって気になってしかたなかったのだ。ジジババは開場前から、歌舞伎座の前にたむろしている。芝居がはじまるのを楽しみにしすぎて、つい、時間よりもかなり前に到着してしまうのだろう。しかし黒服集団までもが、定刻よりもずいぶん前から開場を待ち受けていたらしい。ジジババのあいだに、そぐわない若者の群れ。彼らはものすごく目立っていた（服装に尋常じゃなく気合いが入っているし）。

私は歌舞伎座の近くで朝ご飯を食べ、開演ぎりぎりに席についた。そうしたら、後ろの席に彼らがいたというわけだ。ホストクラブの従業員が、顧客から招待されたのかな、と私は思った。しかしその割には、三階席。花道も見えない。中途半端《はんぱ》な招待の仕方をする客だ。いっそのこと、桟敷席《さじきせき》とかをドカンとホストたちにプレゼントしてあげればいいものを。

それに彼らは、たしかに全員黒いスーツだったけれど、ホストとはちょっと雰囲気が違った。顔は今風のかっこいい若者だが、日焼けしてもいないし、ラメの入ったネクタイをしてもいない（私のホストのイメージが誤っているのかもしれないが）。なによりも、客商売をしてる感じじゃない。もっと、根拠のない自信に満ちたムードを漂わせている。私は、「この人たちは何者だろう」とひとしきり考え、「俳優養成所の研究生」と結論づけた。それこそ根拠のない推論で、研究生がなんで黒いスーツを着用してるのか、という謎《なぞ》は解けないままだが、たぶん間違っていないはずだ。

彼らは事務所の上の人から言われて、きちっとした服装でしぶしぶと歌舞伎を見にきたのだろう。「高麗屋《こうらいや》！」「紀伊國屋《きのくにや》！」と客席のあちこちからかかる声に、「あのかけ声はなんだろな」「紀伊國屋っていったら本屋じゃねえか」などと囁《ささや》きをかわす。しまいには、「キムラ屋！」「あんまん！」と、小声で独自にかけ声をかけはじめた。

幕間《まくあい》には、予約してあったらしい弁当を受け取りにいき、わしわしと食べる。そのあいだも、「やべえよ、ぜんっぜん話がわかんねえよ」とみんなでぼやく。やっぱり歌舞伎が好きで来たわけじゃないんだな、と私はちょっと気の毒に思った。舞台は次が山場で、何人も殺されてゾクゾクするシーンだ。きっと楽しめるはずだから頑張れ！　と内心で声援を送る。

　ところが満腹になった彼らは、せっかくの見せ場だというのに、グーグーといびきをかいて寝はじめた。まわりのジジババが眉《まゆ》をひそめてにらんでも、てんで効果なし。すごく気持ちよさそうに眠っている。私はこのあたりで、「やっぱりホストなのかな」と思うようになった。ホストのみなさんにとって、昼の一時過ぎなんて真夜中みたいなものだろう。歌舞伎は、身じろぎ一つせずに見なきゃいけないようなものではないと思うので、「今夜の仕事に備えて、ぐっすり寝とけ」と鷹揚《おうよう》な気分で、私は私なりに舞台を楽しんだ。それにしてもやつらは何者だったのか……、気になる。

『盟三五大切』には、私の好きな時蔵さんが出ていた。女形《おやま》にこんなに色気を感じたのは、私は時蔵さんがはじめてだ。芯《しん》が強くて美しく、なおかつユーモアも解するという、ものすごく好みのタイプの女性を演じている。「時蔵、色っぺえぇ！　抱きてぇ！」と思わずうなる。そしていつもの悪い癖が出て、「舞台の上の時蔵さんもいいが、楽屋で化粧を落としつつある時蔵さんも、さぞかし風情《ふぜい》のあるものだろうよ。あ、おいらは時蔵さんの弟子になりてえや。そんで、『兄さん……あ、すいやせん。お着替え中でしたか』なあんて、ドギマギしてえ。時蔵兄さんは、『おや、健坊（←誰なんだ）。ちょうどいいとこへ来た。ちょいとそこの帯を畳んでおくれ』ってな具合に、おいらを楽屋に入れてくれるかもしれねえ。えへっへっへっ」などと、ひとしきり妄想してヤニさがる。パンフレットを見るかぎり、時蔵さんは穏やかそうな普通のおじさまなんですが。私の脳内では、江戸弁の若い弟子が時蔵さんに愛欲をたぎらせていて、各方面に謝罪してまわりたい気持ちでいっぱいだ。

とにかく、それぐらい見る者をうっとりさせる時蔵さんの役者ぶり。ここ数年、歌舞伎よりも文楽にぐぐっと心が傾いていたのだが、その天秤《てんびん》がまた水平に戻りそうな勢いである。

文楽といえば、竹本住大夫《すみたゆう》の『文楽のこころを語る』（文藝《ぶんげい》春秋）を読んだ。文楽には、遊女に入れあげて妻子を泣かせるダメ男などが多く登場するのだが、住大夫（人間国宝）は「私もなんべんも妻に謝ったもんです」などとしんみりと語っていて、読み物として大変おもしろい。

住大夫は決して声は良くなくて、私はいっつも「渋すぎる……」と眠気を誘われていたのだが、一度ものすごく感動し、不覚にも涙を迸《ほとばし》らせてしまったことがある。歌舞伎にしても文楽にしても、とりあえず何度か行ってるうちに、だんだんわかってきて面白くなってくる。やっぱり、何百年も前から続いているものなだけに言葉も古いから、ちょっと見ただけではなにを言ってるのかすらわかんなくて、退屈してしまうのは当然だ。この本は、ただ見ているだけではわからない演じる側の苦労や心構えなどが詳細に語られていて、文楽を楽しむ際の格好の手引き書だと思う。

それに、文楽もなんだかあやしいんだよな……。大夫と三味線は、「相三味線《あいじゃみせん》」といって、「お互い以外の人とは組みません」と誓い、三三九度の盃《さかずき》を交わしたりするらしいのだ。大夫と三味線の双方がいくら高度な技術を持っていても、「こいつとは気が合わん」となると、どうしても一緒にうまくできないそうで、へええ、ほおお。とてもいい話だなあ、とまたもや邪念がたぎるのであった。

やっぱり髪が伸びる速度が上がったのは、苦労してるからではないのかもしれない。

つわものどもが旅路をかけめぐる

もそもそと夕飯を食べながら、見るともなしにテレビの旅番組を見ていることが多いのだが、先日ふと大きな疑問にかられた。

番組内では、たいてい芸能人が温泉宿に行って、旅館の風呂《ふろ》や料理を紹介する。案内人の組み合わせは、私の見るところ以下のパターンに集約される。
一、女性芸能人の二人旅（二人は友だち、と銘打ってあることがほとんどだが、洋服とか湯上がりの化粧とかで張りあっちゃって、たいがい仲が悪そうに見えてしまう）。
二、女性芸能人と、彼女の友だちである主婦（さすが芸能人の友だちなだけあって、華やかな感じの人が多い）。
三、女性芸能人と、テレビ局の女性アナウンサー（二人分のギャラを払う余裕がなくて、社員で済ませたんだろう。映し出される風呂の湯がしょっぱそうに感じられる)。

四、芸能人夫婦、または芸能人家族(旦那《だんな》のほうが芸能人で、奥さんは普通の人、という組み合わせが圧倒的に多く、その逆は見たことがない。貴重な例外は、三〇佳子とその息子、という組み合わせぐらいか……。いや、息子も一応芸能人だが)。

五、芸能人男女(この場合、恋の噂《うわさ》にもならなそうな年配の芸能人男女か、男がすごく年上、という組み合わせが多い)。

私がなにを言いたいか、もうおわかりいただけたことと思う。そう、なんで若い男の芸能人を出演させないのだ、旅番組は！(ほとんど唯一《ゆいいつ》の例外は氷川き〇しだが、彼は肌を見せない)温泉紹介のシーンでも、入浴するのは女性が多い。謎《なぞ》だ。だって、夕飯の時間に旅番組を見るのなんて、どう考えてもおばさんばかりだろう。効果的に視聴率を稼ごうと思ったら、ピチピチした男に風呂に入ってもらったほうがいいはずなのだが。

私は、胸元までタオルで巻いて、しずしずと浴槽に身を沈める女性を見ても、「湯船にタオルを入れるな！」と思うぐらいで、あんまり楽しくない。そして、入浴する彼女たちは、なぜか肩まで湯につからない。二の腕から上を湯から出して、手でお湯をすくって首もとにかけたりする。変なのー。温泉に入ったら、まずは「ぷはぁ」と肩まで湯につかるもんじゃないか？　露天風呂で肩を出して風呂に入っていたら、寒くてしょうがないのに。

　というわけで、私は提案したい。若い男二人が旅館に泊まって、温泉案内をしてくれる旅番組を、ぜひ制作するべきだ、と。旅番組出演的芸能人ランクと、視聴者であるおばさんたちの好みを鑑《かんが》みて、特撮出身のイケメン俳優たちはどうかしら、と夢は広がる。風呂に入る前に洗い場で、腰にタオルを巻いただけの姿で変身シーンのポージングなどしてくれると、嬉《うれ》しさ百万倍だな（セクハラ発言？）。

　洗い場で変身ごっこをしたあとは、一緒に露天風呂につかる。

「すげえ景色だなあ。あ、湖に釣り船が浮かんでるぞ」

「風呂から出たら行ってみよっか」

　浴衣《ゆかた》に着替えて湖に行き、船を浮かべた地元のおじさんに、

「こんちは！　なにが釣れるんっすか」

「ブラックバスだよ」

「すげえ！（注：旅行番組において、語彙《ごい》は少なくても許される。他に「きれい・かわいい」「おいしい・柔らかい」が言えればＯＫである）俺たちにも釣らせてください」

あらあら、浴衣姿で釣りですか。裾《すそ》を引っかけないように気をつけてくださいよ〜(旅番組的ナレーション)。

で、見事にブラックバスを釣りあげる二人。船の上で大興奮。

「すげえ！　でっけえよ！」

「うわあ、これ宿に持って帰ったら、刺身とかにしてくんねえかなあ」

「ブラックバスは食えないと思うねえ」

と、地元のおじさん。「こいつのおかげで湖の生態系が……」

ちょっと「地元の悩み事」にもスポットライトを当てて、生態系破壊への思いを馳《は》せたところで、腹も減ったし宿に戻って晩ご飯。もちろん若い男二人だから、おひつの飯粒を食べ尽くす勢いの食欲を見せる。

私が旅番組を見ていて不満なことは、ご飯のシーンにもあるのだ。料理を言葉で表現するのは難しいから、どんな味なのかうまく伝わってこないのは、しょうがないとしよう。しかし、明らかに食べることに興味がないらしく、ちょっと箸《はし》でつまんで、「ん、おいしい」とだけ言うような芸能人が、たまにいる。それじゃ駄目なんだ！　人選ミスだ！　若い男二人なら、きっと語彙の少なさを食欲でカバーして、ガツガツと食べることでおいしさを視聴者に伝えてくれることだろう。

と、このような深謀遠慮から、私は「旅番組に若い男二人を」と提案しているのである。なにも、若い男の裸を見たいがためではないのだよ、ワトソン君。

とにかく、彼らは「うめえ、うめえ」を連発しつつ、「多すぎるよ、これ！」と思いがちな旅館の料理を完食してみせる。二人は満足して、「食ったなあ」と着崩れはじめた浴衣でくつろぎ、視聴者も爽快《そうかい》な気分になる。

夕食後に、暗闇《くらやみ》の中を足場の悪い川原の露天風呂まで行けるのも、若さあふれる案内人だからこそ。流れ星に「ビッグになれますように」とお祈りして、旅の相棒に、「おまえ、せっかくの流れ星なんだから、もっとロマンティックなことをお願いしろよ！」なんてつっこまれるのもいい。

こうして楽しかった一日も終わり、就寝の時間。川原から部屋に戻ると、もう布団《ふとん》が敷かれている（布団の縁は重ねて敷いておくように）。当然、どっちが窓側で寝るかでひとしきり騒ぐのが正しかろう。それから枕《まくら》投げをして、喉《のど》が乾いたので冷蔵庫から缶ビールを取り出す。ビールを飲みながら布団にもぐりこみ、「おまえ、いま気になる子いる？」なんていう視聴者サービス会話をしてから、枕元に置かれた灯籠《とうろう》型の電気を消す。

おやおや、もう寝息が聞こえてきましたよ。二人ともおつかれさまでした、おやすみなさーい（旅番組的ナレーション）。

一カ月ごとにテーマを決めて、若い男二人に各地をまわってもらうのもいいと思う。「今月は新選組特集です」とか、「全国霊場めぐり特集です」とか、「日本百名山と隠れ湯特集です」とか。イケメンと新選組。イケメンと霊場。イケメンと百名山。素晴らしい。どれもこれも、一番頻繁に旅行している年齢層である、中高年男女にぴったりの企画だ。

どうだ。見たい。

と、思わず自問自答して己れの気持ちを確認してしまった。そうだよ、どうせならこういう旅番組を見たいんだよ、わたしゃ。旅番組はちょっとマンネリ化傾向にあって、視聴者の心を汲《く》んでいないと思うなあ。ほんの少しの工夫（案内人の組み合わせパターンの変更）だけで、今より三パーセントぐらいは視聴率が上がるはずなので、どこかの局が試してみてくれないかしら、と切実に願っている。

たのしい旅路

新潟に行ってきた。ある雑誌の企画で行かせていただいたのだが、大変濃い人や場所に出会えて、とても楽しかった。生まれてはじめてグリーン車に乗ったり、旅館では「天皇が泊まる部屋か？」というぐらい豪華な部屋を割り当てられたりと、恐縮の連続。

しかし、ふだん暮らす部屋の三倍以上はあるような客室に泊まっても、なんだか落ち着かないものですね……。結局、大きな机を部屋の隅に寄せて、ちんまり座ってテレビを見ちゃったり。今日見たところの復習と、明日見るところの予習をしておくか、と資料を広げちゃったり。どうにも小心者というか小市民的というか、「芸者さんを四、五人呼ぶか。ガッハッハ」と弾《はじ》けることはできないのであった。そんな人間になってみたい……ような、いまのままでもいいような……。

新潟には佐渡以外行ったことがなかったのだが、すごく広くて豊かな県なんだなあ、というのを今回実感した。人間的に魅力のある方が大勢いらっしゃるという点でも豊かだし、食べ物や酒といった物理的な意味でもそうだ。お料理がどれもこれもおいしくて、妊娠三カ月で新潟県入りし、帰るときは一気に臨月、といった感じになった。おいおい、ジーンズがきつくて入らないよ。最終日はジーンズのボタンを外していたことは、ここだけの秘密だ。ていうか、もしかしたらお会いした人みなさんに気づかれていたかもしれない。腹圧（？）でチャックも下がりがちだったから。

初めて目と耳にするものがあるのが、旅の楽しいところ。私は「豆炭《まめたん》」を初めて見ました。炭の粉を固め、四センチ四方ぐらいの、角の丸っこい正方形にしたもの。これを赤々と燃やして、コタツなどをあっためます。小説などでは字面《じづら》を見かけたことがあったけど、実物を見るのは初めてで、最初はなんだかわからなかった。真っ黒に炭化したミニ・カルメラ焼きみたいでかわいいな、と思い、「これはなんですか？」と聞いて、地元の方に「知らないの！」と驚かれる。「豆炭」だと教えてもらったときには、「これがそうなのか！」と感動してしまった。なんつうの、ヘレン・ケラーが水を水だと認識し、「ウ・ウ・ウォーター！」と叫んだときみたいな。

さらに、豆炭を入れたコタツというのが、なんともまろやかな暖かさなのだ。遠赤外線使用のコタツだと、どうしても無駄にほてっちゃって居心地の悪いときがあるが、豆炭だといつまであたっていても、のぼせることがない。私はこれまで、「電気の暖房器具は自然な暖かさを演出できるのに、どうして冷房は不自然な涼しさしか生みだせないんだろう」と不満だったのだが、その考えに修正を加えた。やっぱり電気暖房器具の暖かさも、どこか不自然なものなんだな、と。豆炭の作り出すまろやかな熱波と比べると、電気コタツは暖房というよりは電子レンジに近い。私はコタツを持っていないのだが、豆炭コタツを部屋に導入しようかしら。あ、でも、どうやったら豆炭に火を起こせるのかが、よくわからないや。だめだこりゃ。

もう一つ驚いたのが、ニワトリのタマゴについて。ほとんどのニワトリたちは、「工場」と言ってもいいほど機械化された場所で、タマゴを産みつづけているらしい。だから、むちゃくちゃ安価なタマゴがいっぱい出回っているのだな、と納得。もちろん、多少高くてもおいしくて丁寧に品質管理したタマゴを、という考えでニワトリを育てている方もいる。どちらもあっていいと思うが、機械化が徹底されたところでは、六十万羽のニワトリの面倒を四、五人で見ているというから、びっくりだ。

ニワトリはすごく品種改良されていて、いいタマゴをたくさん産む種類が「開発」されている。その開発については、アメリカの企業が巨額を投じて研究していて、日本は「種ニワトリ」をすべてそこから買っているそうだ。養鶏場はさらに、「種ニワトリの産卵工場」から優秀なヒヨコを仕入れる、というわけ。へぇー！

しかも、驚きはまだ続く。そのヒヨコが大きくなって産んだタマゴ（つまり人間の食用になるタマゴ）から、ヒヨコを孵化《ふか》させたとしよう。そのヒヨコ（種ニワトリの孫にあたる）には、なんと、いいタマゴをたくさん産む能力が備わらないのだ。種ニワトリの価値を維持するために、そのように「改良」されているそうだ。ひええー！まさに「産卵マシン」と化したニワトリ君たち。ものすごい話を聞いてしまった。国際的に産業スパイが暗躍していそうな分野である。

食用になるタマゴを産むニワトリたちは、産んだタマゴを温めるという習性がないらしい。タマゴを温めようとするニワトリを、すべて排除して種ニワトリを作り出していったからだ。壮絶なり、品種改良！　それでもたまに、タマゴを温めようと暗がりから出てこないニワトリもいるそうで、なんだか哀れだ。産んだタマゴはとっくに傾斜を転がり落ちて、人間が取っていってしまった後なのだから。

私はいつもバクバクとタマゴを食べてる身なので、ニワトリにしてみたら、「おめえの同情なぞ、いまさら屁《へ》のつっぱりにもならないぜ」といったところだろうけれど、タマゴ業界の仕組みを少しではあるが知った後では、やはりタマゴを見る目が違ってくる。ニワトリ君たちの身の上に思いを馳《は》せつつ、謹んで食させていただきます。バクバク。

ところで、出発するときに在来線で事故があって電車が全然動かず、新幹線の時間に大幅に遅れてしまう、というアクシデントがあった。どうしてこう間が悪いんだろう、と心の内で百万回ぐらい自分を呪《のろ》う。いくら呪ったって、電車は動かない。三十分以上の余裕を見て家を出たのに、東京駅に着いたのは当初の予定の一時間後。東京駅まで二時間半以上もかかってるよ、いちおう都内在住なのに！　飛行機だったらとっくに韓国に着いてるよ！　呪われろ、〇〇線！（結局、自分ではなく鉄道会社を呪っている）

もう少し早く、電車の運行状況を駅でアナウンスしてくれれば、他のルートを選ぶこともできたのに。「五分ほどの遅れでーす」なんて脳天気な調子で案内するから、たいしたことないんだろうと甘く見たのが甘かった。「この事故だとこれぐらいの遅れが出るな」と、的確に把握して瞬時に情報を流すのが、鉄道会社の使命ではないのか。君たちは、未《いま》だに電話も携帯メールも使っていないのか？　各駅間の情報伝達手段は伝書鳩《でんしょばと》なのか？

憤懣《ふんまん》やるかたない思いがしたが、それ以上にショックだったのが、自分の状況判断能力の衰えぶりである。毎日電車を利用していたころは、「む？　事故か。この感じだと別ルートを選んだほうが早そうだな」と勘が働いたものだが、いまは全然だめになってしまった。「大丈夫そうかなー、ぽやや—ん」と漫然と流されて、ついには大往生、じゃないじゃない、立ち往生だ。野性の勘は日々研磨せねばならないものだということが、身にしみてわかった。

この調子だと、災害などが起きてサバイバル状態に陥ったときも、進んで危険な方向へ歩いていっちゃって、崖《がけ》から落ちたりしそうである。生きていくうえで一番必要なものは、日々の生活に根ざした実践的な知恵なんだな、と反省した。いついかなるときも、木ぎれを摩擦して火を起こせるようにしておくべきかもしれない。それで狼煙《のろし》を上げるのだ。「時間に遅れます。すみません！」と……。

師は音もなく背後に走り寄る

年内締め切りの原稿あれこれにかかりきりになっていたら、ちっとも動かなかったもんだから、新潟で摂取した栄養分がそのまま肉体に定着してしまった。水をかけて一晩おいた巨大な雪だるま、って感じ。うわーい、まんまるなまま固まったぞー。これなら春までだって溶けやしないや。子どもたちも大喜びだ。

それはさておき（さておける問題じゃないが）、困ったことにまたもや話題がない。この一週間で私が成し遂げたことといえば、雪だるま化以外になにもないのだ。え、年内の仕事は？　まだ終わってないの？　だめじゃん、間に合わないじゃん、もう来年になっちゃうじゃん。切羽詰まって錯乱気味である。先ほど、三日ぶりに風呂《ふろ》に入って髪を洗ったのだが、途中で意識が遠のき、三十分後に気づいたときには、まだぼんやりとシャワーの下に立って髪を洗っていた。いったい何回シャンプーしたんだか覚えていない。

「これ以上は危険です！　精神と肉体の限界です！」

「ひるむなサンチョ・パンサ、馬鹿者《ばかもの》めが！　ゆくぞロシナンテ！　突撃、突撃ぃー！」

脳内は千々に乱れててんてこまい。世紀末救世主伝説が荒廃した都市のあちこちで囁《ささや》かれたのだった……と、ナレーションが流れそうなほどだ。もうわけがわかんない。

えっと、なんだっけ。あ、今週したことね。『トリック』と『マンハッタンラブストーリー』の最終回を見ました。『マンハッタン〜』を、最終回にしてようやく初めて見ることができた。『白い巨塔』の裏番組なので、いつも涙を呑《の》んで切り捨ててしまっていたのだ。ビデオに録《と》るとか、そういう文明的な行いはしない。ものぐさだから。ところで私、練習の甲斐《かい》あって、佐枝子《さえこ》さんのお母さま（『白い巨塔』）の物まねがかなり上達したような気がする。早口に歯切れよく、「佐枝子さん！　結婚しないなどとあなたはすぐ勝手なこと言って頼むからお母さまを困らせないでちょうだい！」「ああら、もう宅の主人なんて全然ちっともたいしたことございませんのよオホホホホ」。うむ、完璧《かんぺき》だ……って、いいからし・ご・と・し・ろ！

今週買った漫画ですばらしかったのは、よしながふみの『愛すべき娘たち』（白泉社）だ。もうダメだと騒ぎながらドラマを見て、そのうえさらに漫画も買っているとは、私ったら我ながらあきれるほどの余裕綽々《しゃくしゃく》魔人だ。これだけ神経が図太いから、雪だるま化しちゃっても、「困ったなあ、てへへ」と平然と笑っていられるんだな。そのことで弟に、「またいっそう丸々としやがって……。おまえはブタのまま終わるつもりなのか？　やせろ！　意志を鍛えろ！」と罵《ののし》られたときはさすがに、「そこまで言われたくないよ」とちょっとカチンときたけれど。

話を『愛すべき娘たち』に戻そう。よしながふみの作品を、私はすごく好きなのだが、だれかれかまわずお勧めできるかというと、ためらわれるものがあった。大ヒットした『西洋骨董《こっとう》洋菓子店』にすら、ちょっとゲイ要素が入っていたからだ。でも、『愛すべき娘たち』は違う。これは自信をもって、男性にもお勧めできる。しかし、「ケッ、ホモかよ」とそれだけで拒否反応を起こすような人は結局、この物語を読んでも、そこに描かれた女性の心の機微がちっとも理解できないのかもしれないな。

さまざまな女性の姿を描いた、連作漫画集。近所のKと語ったことがあるのだが、よしながふみのなにがすばらしいって、フェミ的にばっちりOKなところに加え、出てくる女性のしゃべりかたがすごくリアルな点だ。この漫画では女の子同士の会話がいっぱいあって、そのどれもが、「そうそう、女の子だけのときって、いつもこんな感じでしゃべってるよ！」と、ガクガク納得しちゃうものばかりだった。

なにかに映さぬかぎり自分の顔を見ることができないように、テープを仕掛けて盗み聞きでもしないかぎり、「異性の存在をまったく考慮に入れず会話する女性同士」の実態を、男性は知ることができない。もちろん、逆も同じで、「異性の存在を（中略）男性同士」の実態を、女性は知ることができない。電車の中で男性同士のおしゃべりに聞き耳を立てたって、それはやっぱり、「周囲に不特定多数の人間がいる状況での会話」にすぎないのであって、私はいつも歯がゆくって歯がゆくってどうにかなりそうだ。私は知りたいんだ！　部屋にだらだら集って、テレビ見たりゲームしたりしながら、男の人たちがいったいどんな会話をするのかということを！　どんなしゃべりかたで、相手とどんなふうに距離感をとっているのかということを！

よく、「あの子は男の前に出ると態度変わるよね」とか、「同性の友だちに好かれているような男性がいいわ」とか言うが、なるほどと思う。同性だけでいるときに、その人がどんな態度をとっているのかということは、異性にとっては永遠の謎《なぞ》である。そしてその謎の領域における評価が高そうな人は、信頼に値する頼もしき人物だ、と見えるのだ。たぶん、ないものねだりの一種というか、高価な香辛料がいっぱいありそうだぞ、とまだ見ぬ幻の大陸に冒険心をたぎらせるのと一緒というか、そんな感じの幻想にすぎないんだと思うけれど。同性のあいだで評価の高い人が、実際に異性にもてているかというと、決してそうではないし。

『愛すべき娘たち』は、永遠の謎、男子禁制の「女性同士の会話」っぷりを、かなり忠実かつ克明に描写していると思うので、「女の子たちはいつもなにを話してるのかなあ」と気になっていた男性は、ぜひお読みになるとよいかと思います。反対に、「男性同士の会話」っぷりを忠実に再現した漫画がどれなのかを、教えてほしいものだ。池上遼一《りょういち》の漫画はかっこいいけど、たぶん（ていうか絶対）現実の会話はこんなじゃないんだろうなと、それぐらいはなんとなくわかるのだが。

『愛すべき娘たち』の最終話は、読んでいてかなり泣けた。多分に自分の経験を重ねあわせてしまい、「あるんだよなあ、こういうこと」とちょっぴりつらかったというのもある。そうなのよ、娘の容姿に関して、母親ってすごく無神経で残酷なときがあるのよ。このたび私は、子どもは「かわいい、かわいい」と育てるべきなんだよ！私は自分に子どもができたら、絶対にそうするぞ、と決意した。実践する機会は容易なことでは訪れそうにない気配だが。「ブタさん」とか呼ばれていると、やっぱり心に木枯らしが吹くものネ。いや、私を「ブタさん」と呼ぶのは弟で、母は「うわっ。あんたなに、丸い顔がむくんで、ますますぶっさいくになってるわよ！」と言うぐらいだけどさ。

ええ、わたくしはちっとも傷ついてなどいませんことよ、お母さま。

白と黄色に振り回される

『白い巨塔』（山崎豊子《やまさきとよこ》・新潮文庫・全五巻）を夢中になって読んだ。いやあ、おもしろい。おもしろすぎる！　途中でやめられなくて困ってしまった。

主人公である外科医の財前君の性格を一言で表すと、「臆面《おくめん》がない」ということになると思う。自分のオペの腕前がいかに優れているかを、いついかなるときも自慢するのだ。財前君は、ドイツで開かれた国際的な学会でもモテモテである。「プロフェソール・ザイゼン」とか呼ばれて、鼻高々。ドイツなんだから、「教授」が「プロフエソール」なのは当たり前だろ、となんだかおかしい。さらに、いかに自分がチヤホヤされたかを絵はがきに細かくしたためて、部下である医局員に送ったりする。子どものようにわかりやすい自慢の仕方で、読んでいて何度も胃がくすぐったくなった。

イヤな奴《やつ》な財前君だが、精力的なので、学会に出席しては律儀《りちぎ》にその周辺の名所を見物する。ドイツではダッハウの収容所跡に行き、国内では黒部ダムに行った。そしてそのたびに、人間の行いについて真摯《しんし》に思いを馳《は》せるのであった。根っからの悪人ではないのよね、財前君って。しかし、財前君がどこかに見物に行くときは、たいがい「見物してる場合じゃないぞ、おい！」という事態が発生しており、「ホントにうかつなんだよ、きみは」と読者としては気が揉《も》める。

人物設定が絶妙で感情移入しやすいのが、この小説の魅力だろう。たとえば財前君が金持ちのぼんぼんだったら、本当にただのイヤな奴である。しかし、元・苦学生で、金持ちの産婦人科医の家へ婿《むこ》入りして、月に一度は田舎の母にこっそり送金している、という設定なのだ。「あー、これなら臆面なくのしあがってやろうと思うよな」と、ついうっかり思わされてしまう。

財前君だけでなく、登場人物すべてが、類型的なまでに明快に設定されている。たとえば、財前君の舅《しゅうと》の財前又一。文中での彼の形容のされ方はほとんどすべて、「海《うみ》坊主《ぼうず》のような頭をぬらりと光らせ」なのだ。読んでいて、「また海坊主のような頭をぬらりと光らせてる！　この文章、もう百回ぐらい目にしたよ！」とおかしくてたまらない。「財前又一＝海坊主」というイメージを定着させるための、作者のなみなみならぬ執念を感じさせる。

東《あずま》教授の娘、佐枝子《さえこ》が三十代で未婚というのも、私としては共感ポイントだ。佐枝子は財前君に対して批判的で、良心的医師・里見先生にほのかな恋心を抱いている。私は最初は、「でもなんだかんだ言って、おとなしいお嬢様だもんな」などと佐枝子をみくびっていたのだが、そのうち彼女は、正義をまっとうするために、ものすごく行動的になっていく。里見先生ならずとも、たじたじである。それでも、「いくら頑張っても、綺麗《きれい》なおべべを着てお茶のお稽古《けいこ》に行っちゃうようなお嬢様だもんな」などと、なおも意地の悪い思いを捨てきれずにいたら、佐枝子はバリバリの労働者って感じのおっさんから、「小綺麗なかっこしやがって！」と罵倒《ばとう》され、「ハッ」と胸つかれていた。もう〜、山崎先生にはぬかりも死角もなし！　って感じだ。読者の胸の内を読んだかのように、的確な箇所で溜飲《りゅういん》を下げさせてくれるので、すべての登場人物に感情移入できる。

読み終わってしまって、いまはさびしくてたまらない。いや、また読み返せばいいのだが、なかなか（いろんな意味で）濃いので、体力を消耗するのだ。とりあえずはドラマのほうを楽しみに、放映が終わったらまた感慨を噛《か》みしめつつ、原作版の財前君と再会したいと思う。

今週は他に、『キル・ビル』を観《み》た。首も手足も飛びまくり、血しぶきほとばしりまくりだが、残酷という感じはしなかった。なんで十五歳以下は見ちゃいけないんだろう。むしろ、タラ氏の熱き映画魂に触発されて、「俺も映画を撮るぞ！」と志す若人《わこうど》が続出しそうな気がするのだが。私は『レザボア・ドッグス』が好きなのだが、その理由の一つに「『これなら私も撮れそう』と人を錯覚させる力に満ちているから」というのがある。もちろんただの錯覚なんだけど、錯覚に観客を巻きこむほど、「俺は映画が好きだ！」という思いがあふれた傑作で、そこがタラ氏の素晴らしいところだと思う。

『キル・ビル』は作中の妙ちくりんな日本語が話題だが、たしかにおかしい。ユマ・サーマンが、千葉真一が精魂こめて打った刀を受け取ってただ一言、「ドウモ」と言うのには身悶《みもだ》えた。ドウモかよ！　それだけかよ！　しかし気を取り直す暇も与えられず、物語は進行する。ユマは刀を携え、明らかにおもちゃとわかる飛行機に乗って、沖縄から東京へ。すでに映画を観ていた弟は、「日本刀を機内持ち込みってどうなんだよ！　映画を観て勘違いした外人が、『さすがサムライの国、ニッポン！』とか感嘆しそうでいやだよ！」と心配していた。うーん、さすがにそんな人はいないと思うが、やはり念のため、十五歳以下は観るのを遠慮してもらったほうがいいのかな。

でも、私がこれまで観た「外国発日本物」の映画の中では、一番まとも（？）だったような気がする。タラ氏もほうぼうで力説しているように、あくまで「ファンタジーとしての日本」というスタンスだからだろう。たとえば『ザ・ヤクザ』が、ロバート・ミッチャムがぶるぶる震えながら指を詰めたり、唐突に虚無僧《こむそう》が歩いてたりして、「あれれ?」と随所で力の抜けちゃう出来だったことを思えば、『キル・ビル』は素直に楽しめるステキな娯楽映画だ。登場するのが強い女性ばっかりっていうのも、すごくいいし。

日本映画の中で描かれてきた日本（それ自体、現実には存在しない）がベースだから、セリフの日本語の珍妙さも、かえってマッチしてる気がした。ところどころ字幕が欲しいぐらいだったが……。しかしさすがに、日本人と中国人のハーフという設定のルーシー・リューが、「ここからは私の気持ちをよくわかっていただくため、英語で話します」と言いだしたときは笑った。そしてジュリー・ドレフュスがヤクザの親分たちのために同時通訳。芸が細かい。なるほど、映画の中で異国語をしゃべらなきゃならず、なおかつ重要なシーンに差し掛かったとき、これからはみんなこの手で切り抜ければいいんだ！　と、霧が晴れるような思いがした。

たとえば財前君も、ドイツの学会でオペについて発表するのだが、原作では彼はドイツ語もペラペラという設定だ。小説だったら、「ペラペラだ」と描写しておき、ペラペラしゃべった内容については、日本語で書けばいいから楽である（ドイツ語で書かれても読めないしな……）。しかし、ドラマではここの部分をどうするんだろう、とちょっと心配だった。いかに演技が達者な唐沢寿明《からさわとしあき》といえど、医学についての学会発表ができるほどドイツ語をマスターするのは難しかろう。

『キル・ビル』を観て、懸念《けねん》はふっとんだ。「ここからは私のオペについてよくわかっていただくため、日本語で話します」。これをドイツ語で言えさえすれば、あとは同時通訳ということで！　よかったよかった。

あ、もしかして、ドラマ制作の予算の都合上、ドイツでの学会の場面はなしかしら？

すべての恋が色あせて見える

友人あんちゃんと、漫画読書会を開いた。

地元にある「スター○ックスのまがい物」（ロゴがスタ○に激似）みたいなコーヒーショップで、えんえん五時間半にわたって語り合う。議題は「『アラベスク』（山岸凉子《りょうこ》・白泉社）――ミロノフ先生の罪」。

テキストとしてもちろん、白泉社コミックス版と白泉社漫画文庫版の両方を持ち寄ったのは、言うまでもない。「ここの点描の出方、コミックス版のほうが印刷が濃いよね」などなど、細部を比較検討するためだ。そんなことを検討したからといって、地球の温暖化を食い止めたり、年金問題が解消されたりするわけではない。しかし、『アラベスク』への私たちの熱き愛のエネルギーによって、宇宙のどこかで惑星が直列したことは間違いないところだ。

あんちゃんは最近、自分の部屋にある漫画の蔵書リストを作成したらしい。部屋を脳内で分割してエリア名をつけ、探しやすいように「この漫画はA―28番に置いてある」と一目瞭然《いちもくりょうぜん》でわかる、すぐれもののリストだ。図書館みたいですごいな……。

あんちゃんの部屋は一階にあって湿気が多いので、カビなどで漫画が傷《いた》まないように乾燥剤もそこかしこに投入した。乾燥剤は半年にいっぺんほど取り替えなければならないので、投入した場所をリストに記すことも忘れない。「○月○日、B―3に乾燥剤三個設置」。いったいどんな精密機械を管理している部屋なんだろう、って感じに充実したリストだ。

「リストを作成してみてわかったんですが、七十年代の少女漫画が多かったですね。全体を数えてみたら、千数百タイトルありました」

「えっ。ということは、冊数でいうと五千、いや一万はいってるんじゃないの？」

「いえ、一冊で完結の漫画も多いですから」

「だって、逆に二十巻以上ある漫画だって多いでしょ？」

「ははは……（乾いた笑い）」

リストを作ることは「自分史」の作成にも等しく、非常に有意義であったとあんちゃんは言う。

「自分の好みの傾向、変遷《へんせん》から、買い逃していた作品や手薄だった分野まで、明確に把握できましたよ。これからいっそう、蔵書の充実に努めます」

あんちゃんはリスト作成をしているうちに、どうしても昔の漫画を再読してしまい、作業は遅々として進まなかったそうだ。特に、『アラベスク』のおもしろさに改めて心を打たれた。そこで今回、リスト作成終了記念に、読書会を開催したというわけだ。

『アラベスク』は、山岸凉子の傑作バレエ漫画だ。背ばかり高い少女、ノンナ・ペトロワが、バレエ界のスター、ユーリ・ミロノフに才能を見いだされ、バレリーナとして成長していく物語。「ドジでダメな女の子」に実は隠された魅力があって、それを年長の男性が師となって導いていくという、少女漫画としてある意味典型的なストーリーだ。ところが、典型に収まりきらない深さと凄《すご》みをも兼ね備えているのが、この作品が傑作たる所以《ゆえん》。

ミロノフ先生に導かれるノンナ、というそれまでの少女漫画的構図から完全に自由になり、対立でも融合でもない、真に対等な「パートナー（つまり人間関係）」とはどういうものなのか、を模索する展開になる。橋本治の秀逸な評論があるので、興味がおありのかたはそちらを参照なさってみてください（河出文庫の『花咲く乙女たちのキンピラゴボウ』）。

あんちゃんと私は、「スタ○もどき」で『花咲く乙女たちのキンピラゴボウ』も再

読し、

「橋本先生の少女漫画論、鋭すぎるよね！」

「なんでこんなに女の子の気持ちがわかるのかしら？」

「それは……ねえ？」（言いたいことをちょっとぼやかすニュアンス）

「うむ……」（友よ、君の言いたいことはよくわかっているさ、というニュアンス）

「とにかく、私は橋本治の評論を読んでいて、不覚にも落涙することが多々あるよ」

「わかる！　読み返すたびに泣いてしまうのよね」

と、マシンガントークを繰り広げたのであった。橋本治ほど的確な少女漫画評論ができる人を、他に知らない。だいたい七十年代ぐらいまでの少女漫画論で終わっているので、ぜひ彼に八十年代、九十年代の少女漫画についても語ってほしい、というのが、あんちゃんと私の切なる願いだ。

私たちは残念ながら、「ミロノフ先生がいかにかっこよくて罪つくりか」ということを云々《うんぬん》するレベルにしか到達しなかった（五時間半も語ったのに）。『アラベスク』は、少女漫画のヒーロー像に多大な影響を与えたと思われる作品なのだ。それってつまり、女性の中の「ヒーロー観」を決定づけた、ということだ。私も、「理想の男性像は？」と問われたら「ユーリ・ミロノフ」って答えるもん。それぐらい画期的かつ魅力的なヒーロー。ミロノフ先生を理想としてるおかげで、実生活で恋愛方面がうまくいかない、という女性も多いんじゃなかろうか。私だけだったりして。ううむ。ミロノフ、罪な男。

魅力的なのは、少女漫画的に外見がかっこいいとか、そんなことじゃない。改めて読んでみると、ミロノフ先生ったらいつもシャツの裾《すそ》はパンツインだし、バレエダンサーなだけあって、些細《ささい》な受け答えの際にも大仰なポージングでキメてるしで、けっこう笑える。

「先生ったら、『ノンナ　いこう　私のライバル』とかおっしゃるんだけど、妙なブルマにピチピチのタイツ姿なんだよ！」

「決め科白《ぜりふ》を言うときは、舞台衣装を脱いでからにしてほしいわよねえ。舞台の開演直前に衣装を脱ぐわけにもいかないだろうけど、読者の少女たちの小さな胸は、『ああん、先生かっこいい！　でもそのお姿は……』と悲哀に張り裂けんばかりよ」

ミロノフ先生は常に伏し目がちに曖昧《あいまい》な微笑を浮かべ、眉間《みけん》には苦悩のシワが刻まれている。ノンナに、「残酷だわ　冷たい！　あなたは冷たい人です先生！」と泣いてなじられても、無言のまま。先生ったら！　そこは反論して彼女の理解を求めねばならないところだというのに！　無口にもほどがある。

「ミロノフ先生ってさあ。舞台上では華麗に舞い踊るのに、実生活ではわりと言動が鈍重だよね」

「ええ……。先生なりの熟慮と苦悩の結果、じっと耐えて口をつぐんでいるということはわかるんですけど。『伏し目して無駄にフェロモン（点描）を撒《ま》き散らしてる場合じゃないぞ！』と、じれったくもあります」

「自転ばっかりして、ちっとも公転しない星みたいな人だなあ」

「そんな彼も、キメるときはキメるんですよ」

あんちゃんはパラパラとページをめくる。「ほら」と差し出したのは、クライマックスに近い場面だ。ある事件が起きて、ミロノフ先生は「ノンナ！」と叫び、「ダッ」と走りだす。

「まあ、いつもは鈍重な先生が、珍しく機敏な動きを見せてるわね」

「しかしそれが裏目に出て、事態を悪化させてるとも言えるんです」

「ダメじゃん」

「人間、慣れないことをするもんじゃない、という教訓になりますね」

私たちは、人差し指と親指を顎《あご》に当て（ミロノフ先生お得意のポーズ）、「やれやれ」とため息をついた。

「最初に読んだときは、『ミロノフ先生かっこいい！』と、ただひたすら夢中になったけど、冷静に読んでみると笑える箇所も多いね」

「山岸先生は、描きたくない物にはまったく力を入れないみたいですよねえ。自動車なんて、潰《つぶ》れたアルミの塊にしか見えませんよ。ミロノフ先生も、ふだんは無口で鈍重なのに、会ったばかりの人に突然、『きみはアル中か？』と聞いたりして」

「いつもどおり眉間にシワを寄せつつ、ズバンッて勢いで聞くんだもん。尋常じゃない科白まわしで、胸キュンだよ」

これではミロノフ先生の魅力が全然伝わらないのでは、と懸念《けねん》されるが、彼の素晴らしさはぜひ実際に作品に触れて確認してください。みんな驚くと思う。先生がステキすぎて。

「ミロノフ先生って、何歳の設定なんだろう？」

「あー、私もそこがすごく気になった！」

「すごく包容力があるし、厳しく優しく、かつ的確に女性と向き合うこともできるし、いったいどこで研鑽《けんさん》を積みなさった？　という感じだよね」

「バレエ漬けの人生だったはずなのに、非常に心の機微に聡《さと》く、世慣れてもいますよね。つまり一言で言って大人の男性です。三十代前半かな、と私は思ってたんですが」

「私が実際、あと数年でミロノフ先生ぐらいの大人になれるか、と考えると暗澹《あんたん》たる思いがするわ。でもさ、少女漫画のヒーローが三十代前半って、少し年がいきすぎてない？」

「物語の開始時点で、ノンナは十六歳ですしね。まさか先生、二十代前半!?」

「やめて！　それじゃあ先生が私よりも相当年下になってしまう！　せめて、二十代後半であってほしいわ」

「いってても二十五、六という設定なのかもしれませんね……。昔の少女漫画だし、ヒーローの年齢の上限はそれぐらいじゃありませんか？」

それであの大人ぶり。嗚呼《ああ》、ユーリ・ミロノフ。永遠に追いつけぬ輝ける星よ……！

ちなみに私は二人だけの読書会に出席するにあたって、部屋のどこかに埋もれた『アラベスク』を探したのだが、結局どうしても見つけられなかった。仕方がないので、また買った。あんちゃんお願い！　私の部屋の漫画も整理して、蔵書リストを作って！

次回の漫画読書会のテーマは、萩尾望都《はぎおもと》先生にするつもりである。部屋を掘り返さなければ。

夢幻の世界

久しぶりに貧血でぶったおれた。

電車に乗っていて突如、サーッと血が下がる感覚がしたので、「あ、これはまずい」と思い、よろよろとドアのほうへ向かった。電車が停まり、下りる予定のない駅のホームに足を踏みだした瞬間、トドが岩場に打ち上げられたときのような、「ドスッ」という鈍い音が聞こえた。つまり自分が倒れた音である。

ハッと気がつくと、私はホームにうつ伏せにのびており、電車に乗り込もうと順番待ちをしていたサラリーマンが、「大丈夫ですか！」と腕をつかんで引き起こそうとしてくれていた（しかし重かったらしく、私の体は一ミリたりともホームから浮き上がっていなかった）。ものすごい通行の邪魔をしてしまった。私は「ごめんなさい、大丈夫です」と言い、ずるりずるりと這《は》うようにホームを横断して、なんとかベンチに座った。ふー。毎日あれだけ食べてるのに、食物は肉となるばかりで血にはならなかったのだろうか。

　都会の人は冷たいと言われるが、本当にそうかしらと思う。目の前で人が倒れたら、「大丈夫ですか」と声をかけてくれるし、轢《ひ》かれたカエルみたいにぺっしゃんこになって倒れていた人間が、のろのろと起き上がってベンチに座ると、見て見ぬふりをしてくれる。これが江戸時代だったら、即座に岡っ引きが飛んできて、「無理しちゃいけねえよ」と衆人環視の中をおんぶして小石川療養院まで運んでくれるのだろう。たぶん。ありがた迷惑な親切さだ。適度に他人を無視する現代の都会生活は、冷たいとしても、居心地のいい冷たさであると実感した。

　少し休んで血の気が戻ったので、また電車に乗った。しかしどうも本調子じゃなく、また途中下車して休んでは電車に乗る、ということを三回ぐらい繰り返しながら、じりじりと家のある駅まで近づく。その間に、右掌《てのひら》が猛然と痛いことに気づいた。倒れるときに咄嗟《とっさ》に右手をついて、顔面強打を避けようとしたらしい。ウン十キロの体重を支えた右掌は赤く腫《は》れていた。なぜもっと早くに気づかないんだろう。私の痛覚神経は、脳に至るまでにどこかでこんがらがっているらしい。とにかく、こんなに痛いなんてもう絶対に骨が折れたよ。そう思いつつ即座に指先を動かして、キーボードを打つのに支障がないか確かめたのが、我ながら偉い。

おかしいわねえ、骨が折れたはずなのに指が動くなんて……。これじゃ、仕事が遅れる理由にならないじゃないの。そんなことを考えていたら、PHSに弟から連絡が入った。彼が私の電話にかけてくることなど、一年に一回もない。姉のピンチを察したのだろうか、とやや驚きつつ「もしもし？」と電話に出た（車内通話はご遠慮ください！←車掌さんの声）。

「金田一のさあ」

俺だけど、もなにもない。いきなり「金田一」である。まったく要領を得ない。

「はあ？　なに？」

「金田一の漫画を描いてた人のー、新しい漫画があんの。それの新刊が出てると思うから、コンビニで買ってきて」

私はいま、貧血で、右手が腫れ上がってんだよ！　と思う。

「明日にしてよ。なんで日付が変わったと同時に、漫画の新刊をコンビニで買わなきゃなんないのよ」

「待ちきれないんだ」

その気持ちは、漫画オタクとしてはよくわかる。私はやっと着いた最寄り駅のコンビニで漫画を買い、ふらふらと帰宅した。弟は玄関で待ち受けていた。

「ほらよ」

と、買った漫画を渡す。「姉ちゃんは大変な目にあって、ようやく帰ってきたのよ。心してその漫画を読むように」

「大変な目って？」

「貧血が起きてホームでぶっ倒れ、その際に強打した右手が折れた」

「折れた？　そんなにピンシャンしてんのに、骨が折れてんのか」

「うん」

弟は、指をわきわきさせている私の掌をチラッと見、

「ぜってえ折れてねえ。もし折れてたら、おまえが毎日バカほど飲んでる牛乳はなんだったんだ。牛に詫《わ》びなきゃならないぞ」

と言った。

弟の見立ては正しかったようだ。「馬につける薬（打ち身、捻挫《ねんざ》に効く）」をつけて寝たら、翌日には腫れは引いていた。まだドアノブを捻《ひね》ったり、ジャムの瓶を開けたりするのは困難を伴うが、痛みも治まってきた。よかった、骨が頑丈で。牛に感謝せねばなるまい。

さて骨自慢はこれぐらいにして、物欲について語ろう。

私はツモリチサトの財布が欲しかったのである。白くて柔らかい革でできており、黒猫のパッチワーク（?）がついている。「うわあ、微妙にダサくて（失礼）かわいいなあ」と一目惚《ぼ》れした。現在の私の財布は、もう七、八年使用しつづけているから、あちこちほつれてしまって、気を抜くと金が落ちてしまうのだ。それは財布じゃなくて、ただの革の切れっ端だ。買い換え時だと判断し、いろいろ探してようやくピンとくるものを見つけたのである。

人それぞれに、「いい財布」の条件があることだろう。毎日使うものだからこそ、機能性、デザイン性ともによく吟味せねばならない。

私の求める財布の条件は、

一、二つ折りでかさばらない

二、汚れが目立たない

三、デザインがシンプルで飽きがこない

四、ガマ口タイプの留め金や、チャックがついていない

といったところだ。

ところがツモリチサト財布は、厚みがあってちょっとかさばり、いかにも汚れやすそうな白で、デザインはシンプルの対極にあった。余計な留め具がないところしか、

条件に合致していない。

平常時にどれだけ条件をあげていても、その条件とはまったく合わない人を好きになってしまうのが、恋というものらしい。しかし私は恋に落ちることにあまり慣れていないため、突然発生した財布への恋心に、たじろいでしまった。私はだいたいにおいて物持ちがすこぶるいい。いま財布を買ったら、四十歳近くまで使用することになるだろう。その年になって、黒猫のパッチワークがついた財布ってのはどうなんだろう。いまだって充分厳しいものがあるのに……。いろいろと自分に言い訳をして、「もうちょっと考えてみよう」と冷却期間を置くことにした。

だが、夢の中にまで黒猫の財布は出てきた。恋の病である。やっぱり買おう、買うべきだ、と決意して、数日後に再び財布売場に行った。黒猫の財布はなくなっていた。あああ、恋に言い訳は不要、必要なのはただ勢いのみ！なのよ……。

激しく後悔しつつ、諦《あきら》めきれずに店員さんに尋ねる。

「ここにあった白い財布……黒猫の尻《しり》がパッチワークされていて、二つ折りになってボタン留めのもの、もう売り切れですか？」

店員さんは言った。

「あの……。黒猫の全身がパッチワークされていて、三つ折りでファスナーつきのものなら、売り切れです」

どうやら私は、脳内財布像を勝手に都合よく変形させていたらしい。ぬぬぬ、恋には美化がつきものなのよ！

物欲を通して、恋の原理に触れた気がしたのであった。

微細な部分を論じる

Nさんと私は、渋谷でカモ鍋《なべ》を食べていた。Nさんはデザインの仕事をしていて、私の名刺を作ってくれたのである。そのお疲れさま会&忘年会&新年会ということで（つまりは、単なる飲み会だ）、私たちはせっせとカモやらネギやらを鍋に投じた。私は近ごろ、血が足りていない感があったので、カモで滋養をつけようと張り切っていた。え、鳥インフルエンザ？　……忘れてた。全然意に介さず、バクバク食べる。

いい感じにお酒もまわってきたところで、Nさんが言った。

「私の友だちがね、鼻毛の手入れをどうしてる？　って、突然聞くのよ」

「鼻毛……ですか」

「うん。その友だちは、なんか鼻毛の伸びが速くて、放っておくともっさり生えちゃうんだって。だから、鼻の穴につっこんでブインブインと回す、電動式の鼻毛切りを使ってるらしいよ。私もそれをぜひ使ってみたいと思うんだけど、それほど鼻毛が生えないんだよね」

「うーん、たしかに電動鼻毛切りを必要と感じるほど、鼻毛に悩まされたことはないですね」

私は焼酎《しょうちゅう》をすすり、ちょっと考えた。「あ、でも、一カ所だけ剛毛の鼻毛が生える毛穴があります」

「なにそれ。どういうこと？」

と、Nさんは身を乗りだした。私はフッとニヒルに笑ってみた。このカモ鍋屋さんは、攘夷派《じょういは》が密談をしていそうな風情《ふぜい》の、古い木造二階建て家屋なのである。その座敷で鍋をつつけば、気分はもう幕末の志士。たとえ話題が鼻毛についてであろうとも、ニヒルに笑いたくなってくるのだ。

「左の鼻の穴なんですけどね。気づくとなんだかチクチクうずうずするんですよ。なんだろなー、と鏡で必死に確認すると……必ず同じ場所から、ものすごく太くて長い鼻毛が一本生えてるんです」

「その鼻毛をどうするの？」

「抜きますね。大変達成感があります。Nさんはそういうのありませんか？　いつも決まって手こずらされる毛穴（および、そこから生える毛）、というのは」

「ある！」

　Nさんは天下国家を論じるにふさわしい重々しさで言い、「私の場合はねえ、ここだよ！」と額を指した。俗に言う、サード・アイが開く場所である。

「ある朝、顔を洗っていた私は、ふと違和感を覚えて鏡で自分をよく見てみたの。そうしたら、額のど真ん中からヒョローッと白くて細い毛が一本生えてるじゃない！　しかも、すでに小指ぐらいの長さがあるんだよ？」

「どうしてそんなになるまで気づかなかったんでしょう。まさか一晩でそこまで伸びるわけないですよね」

「毎日顔を洗って、お化粧もしてるのにねえ」

「それで、その毛をどうしたんですか？」

「これはすごいもんが生えた、と思ったから、とりあえずそのままにして、会社の同僚に見せびらかした」

「妙なところから生える白い毛は、縁起がいいと言いますから、大事にして正解じゃないでしょうか。しかし体ってのは、なにをどう勘違いして額に一本だけ毛を生成するんだろう」

「まったく謎《なぞ》だよ。あと私、右肩の後ろにも同じような毛が生えるんだよね。ふだんあんまり目につかない、お風呂《ふろ》とかでも洗いにくい場所に、やつらはひっそりと生息しているの」

額はむちゃくちゃ目につきやすいと思うが……むにゃむにゃ。自分の足の裏に毛が生えていないか、即座に確認したい気持ちになってきた。

「Nさんの額の毛は、その後も生えてきてるんですか？」

「うん。最近はあんまり見かけないけど、その後も二、三回、気づくと生えていたよ。だけどなにしろ弱々しい毛だから、すぐにちぎれたり抜けたりしちゃって、最初に見かけた大物ほどには、なかなか育たないなあ」

「なんだか、かいわれ大根を育ててるみたいですね」

私たちはひとしきり、場所を選ばずに生えてくる毛の、愛すべき馬鹿《ばか》さ加減について語り合った。

ところでNさんは、ジャ〇ーズのアイドルの背が低いのは何故《なぜ》なのか、理由を解明したと言う。いきなりの話題でみなさん驚かれたことと思うが、私も驚いた。

「え、なんですと？」

と、聞き返してしまったほどだ。Nさんは明るく、

「ジャ〇ーズのアイドルって、わりと背が低い人が多いでしょ」

と言う。「あれはどうしてかなあと、ずっと疑問だったの」

「うーん。成長期に寝る間もないほど忙しく働いていたからかな、と私は思ってましたが」

「違う。あれはね、体の全エネルギーを顔に集中させているからだよ！」

「え……」

「もう、全部、顔に費やしてるの！　だから背にまわらないの！　そうでも考えないと、忙しいのにあんなに顔のお肌がツルッツルな説明がつかないよ！」

「ああー！」

と、私は叫んだ。「いま、思いっきり腑《ふ》に落ちましたよ。ジャ○ーズの中で背が高い人といえば、長瀬○也ですが、たしかに彼は、ときどきお肌が壊滅的に荒れてるときがあります。あれは、全エネルギーを顔に傾注すべきジャ○ーズアイドルの法則を破って、背に回してしまったが故《ゆえ》なんですね？」

「そのとおり」

と、Nさんは厳《おごそ》かにうなずいたのだった。

ううむ、なるほど……。しかし、顔の造作が整っていれば、多少の肌荒れなど屁《へ》でもない気がする。近ごろはピーリングやらなんやら、肌を美しく保つ手段はいろいろあるわけだし。それよりもやはり、成長期にはよく眠って、背を伸ばしてくれたほうが、全国の女子は喜ぶのではないかしら。Nさんの言うとおり、アイドルたちが本当にエネルギー顔面一極集中を実践しているとしたら、私は「それはやめてくれ」と嘆願のお便りを出したい。

他にも、「男性バレエダンサーのピチピチ白タイツの中身について」などを、Nさんに教えてもらった。

「あのチンカップ（と命名）は、ダンサーが自分で選ぶんですか？」

「そうみたい。ダンサーそれぞれの好みが、いろいろとあるみたいよ。外国人ダンサーとか、すごいもの」

「すごいって？」

「その、なんつうの、もっこりぶりが」

ブッと私は酒を吹く。

「もっこりって、バレエは夢の舞台なんですから……」

「そうよ、夢なのよ。なのにあの人たちときたら、股間《こかん》をカップで強調するの！　海賊とかを演じてるなら、ワイルドってことでまだわかるよ？　だけど、白タイツの王子様がもっこりって、それはどうなのかなあと、私はいつも気になって気になってしようがないわ！」

私も気になってきた。バレエ漫画の研究も佳境に入ってきたし（？）、今年はちゃんと本腰を入れて、バレエ公演を実際に見にいこうかと思う。

よろよろ徘徊《はいかい》週間

まだ見ていない。なにをってもちろん、『ロード・オブ・ザ・リング　王の帰還』をだ。

公開日に私は、町まで四十分かけて歩き、ちっちゃい映画館の窓口にたどりついた。そうしたら窓口のおばちゃんに、「午後の回は立ち見だよ」と言われた。すごくがっかりしたが、半ばは予期してもいたので、素直に引き下がった。また改めて、座ってじっくり見られる機会を狙《ねら》おうと思う。

「じゃ、けっこうです」

と言って帰ろうとすると、おばちゃんが「ちょっと待って」と声をかけてきた。見落としていた空席でもあったのかなと振り返ったのだが、そうではなくて、「これ、貼《は》ってくれない？」と言われた。おばちゃんがマジックで手書きした、「ただいまの回は立ち見です」という紙だった。窓口にどっかりと座ったおばちゃんに指示されるまま、入り口に置かれた案内札にセロハンテープで貼る。シット！　お役に立てて光栄だぜ。

また四十分かけて家まで帰ることにする。バスに乗って町まで行っていれば、もしかしたらまだ席があったかもしれないのに、我ながらアホだなと思った。でも私は「今週はとにかく歩く」と決めたので、しかたないのだ。

帰る途中で久しぶりに、以前のアルバイト先である古本屋さんに行ってみた。町の繁華な部分からちょっとはずれた場所にあるので、歩かないときにはあまり寄らないのだ。

社長は休みの日だろうと踏んでいたのだが、なぜかいた。本の山の前に陣取って、ガシガシと値つけをしていた。

社長は若かりしころは捕鯨船に乗っていたという猛者《もさ》である（いまは糖尿病だから、「元猛者」と言うべきか）。ものすごいスピードで本に値をつけては、ほいほいと足もとに積み上げていっている。いや、社長は積んでいるつもりなのだが、山はどんどん崩れ落ちて、結果的に足もとに大量の本が散乱する。お客さんが行き来する通路なのに……。相変わらずワイルドだな、社長。むむ、としばらく物陰から観察していたが、意を決して声をかける。

「社長、お久しぶりです。三浦です」

社長は私の顔をまじまじと見た。そして言った。

「三浦さん、厚化粧するのやめたの？　ガハハ」

「なに言ってんの社長！　いったい私がいつ厚化粧だったって言うんですか」

「そうか。じゃあ、しばらく会わないうちに老《ふ》けたってことかな。ガハハ」

「んまあ、糖尿が悪化して、目の調子があまりよくないんじゃありません？　おほほ」

やるか、この野郎。おう、受けて立つぜ、といった感じに、会った途端にどつきあい。なごやかなムード で（？）、たがいの近況を語る。

「どう、三浦さん。仕事は順調？」

「いや、ぼちぼちですね……」

「今度、本にサインして持ってきてよ。この店で売るから」

いきなり古本にされてしまうらしい。そんなのいやだから、「社長の名前をでかでかと入れたのを持ってきます」と言ったのだが、社長は「それでも売る。ガハハ」と、へこたれない。尻《しり》の毛までむしって売る、あっぱれな古本屋魂である。

「社長のほうは、最近いかがですか？」

と聞くと、

「まずまずの売り上げだよ」

と、ほくほく顔だ。「三浦さんがいたころは、この店つぶれそうだったの」

「はい。いえ、『はい』ってことないですが、もにょもにょ」

歯切れ悪く返事する私を、「ガハハ、まあいいよいいよ」と社長は余裕を見せてあしらう。

「実質的にはもうつぶれてたんだけど、財産っていっても本しかないから、銀行も取り立てにこなかったんだよ」

「ええー、ホントですか。そういうものなんだ」

「うん。それで、『じゃあ、この隙《すき》に』と細々と商いを続けていたら、インターネットのほうでもお客さんがついて、また盛り返したんだよね。ガハハ」

「あいかわらずすごいッスね、社長。いろんな意味で」

どう考えても「奔放」としか言いようのない経営方針なのに、なぜか社長は不死鳥のごとく何度もよみがえる。私がアルバイトをしていたころも、「もうだめかもね、ガハハ」なんて社長が言った直後に、どういう経緯で流出したのか、某作家の生原稿が大量に持ちこまれ、しかも買い取ったそれが市場でバカ売れしたのであった。

このひとはどんな強運の星のもとに生まれたんだろう。久しぶりの社長パワーに、改めてめまいを覚える。

あまり長居をすると、小山を越える途中で日が暮れてしまう。

「それでは、また来ます」

と私が失礼しようとすると、社長は、

「サイン本を持ってくるついでに、芥川賞《あくたがわしょう》も取ってよ。ガハハ。そしたら高い値で売れるかもしれないから」

と言った。シット！　無理なご注文だぜ。

それにしても、歩くと腹が減る。家に帰りついたとたんに、大盛りのうどんと握飯二個をたいらげることもざらにある。明らかに炭水化物を摂取しすぎだ。食べ終わると疲労のせいで睡魔が襲ってくるので、そのまま翌朝まで眠る。痩《や》せたいと思って歩くことにしたのに、なにかが間違っている気がしてならない。

せめて歩いているあいだに、素晴らしい思いつきが降りてきてくれればまだ救われるのだが、脳内は潔《いさぎよ》くからっぽだ。「あ……」とか思いながら歩いている。「あ……」の続きがなにもない。「愛について」なのか「青い空」なのかわからない。

空腹を抱え、家へ向かって歩き続けていたら、途中の駐車場で毛を膨らませて威嚇《いかく》しあっている猫たちを目撃した。五分ほど眺めていても、そのままだ。たぶん猫も、相手を発見して「あ……」と思った後が続かない生き物なんだろうな、と推測する。条件反射で毛を膨らませてはみたけれど、という感じで、日向《ひなた》でえんえんと膠着《こうちゃく》状態が続く。にらみあう猫二匹も、それを見物する私も、頭の中は「……」。ゴルゴ13が三人いるみたいな、空白の脳内世界だ。

だが、歩く姿も猫に似てしなやか、というわけでは決してないらしい。

ようやくたどりついた家の前で母に遭遇した。箒《ほうき》で猛然と道を掃いていた母は、「あら、あんただったの。どこのお年寄りかと思った」と言った。しかたないだろ、四十分×往復も歩くと腰が痛いんだよ。母はさらに、「あんたのコート、なんだかボロみたいよ」と追い打ちをかけてきた。これは、わざとほつれさせた生地なんだよ！

町のしぶとい住人たちに翻弄《ほんろう》されつつ、散歩は終わる。本当にシットな、愛すべき町だぜ。

なげやり人生相談

や（☝省エネ実施中、なげやりな挨拶《あいさつ》）。みんなの「悩んでます、助けて！」って悲鳴が殺到して、「なげやり相談所」は今日もうれしい悲鳴をあげてるぜ。

【相談　その三】マリナーズが優勝しそうにない。
【お答え】おいおい、それは「悩み」じゃないだろ。ただの懸念《けねん》だろ。渾身《こんしん》の力で応援してください。はい、次。

【相談　その四】どうして文章がヘタなんですか？
【お答え】今度は詰問《きつもん》か！　あの、頼むから「悩みごと」についての「相談」を寄せてください。マイ・チキン・ハートは出血多量で死にそうです。イテテテ。
　ええと、この詰問、もとい、ご相談への回答ですが……。私も常に遺憾に思っております。善処するよう心がけます。（政治家の答弁かっつうの。）

【相談　その五】　なぜ私はこんなに豆が好きなんでしょう。特に枝豆とか空豆とか、緑色の豆が異常に好きでたまりません。豆だけ食べてれば満足です。「好き」度が尋常じゃなくて、そんな自分が最近とても不安です。

【お答え】　はあ〜、世の中にはいろんな悩みがあるものですねぇ。豆が好きすぎる、と。ふむふむ。たぶん、前世が豆だったんじゃないかな。前世のあなたは、食われるばかりの人生（豆生）に飽き飽きしていて、そのルサンチマンを今生《こんじょう》で晴らしてるのだと、私の背後霊が告げてます。不安がらずとも大丈夫だと思いますよ。豆って体にいいらしいし。

このかたは同時に、「どうして家計簿がつけられないんでしょう」という悩みも寄せてくれました。それはずばり、マメじゃない性格だからです。

マメになるまで、豆を食べてください！

四章　乙女総立ち

仲良きことは美しきかな

友人ナッキーとそのだんなさんが住むマンションを、初めて訪ねた。ベランダから、遠くを走る電車が銀河鉄道のように見える、素敵なお部屋だ。

結婚して二年が経《た》とうというのに、ナッキーは相変わらずだんなさんとラブラブらしい。部屋は私の部屋の百万倍ぐらい綺麗《きれい》に整理整頓《せいとん》されていて、お花や愛らしい小物がさりげなく飾ってある。その合間に、だんなさんが収集しているらしきフィギュアやロボットの模型が置いてある。まさに、「二人の愛の巣」という感じだ。あたたかくも居心地のいい空間。私は心中でひそかに、ナッキー夫婦の部屋を「ラブマン」と名づけた。もちろん、「ラブラブマンション」の略である。

昼過ぎにラブマンを訪問したときには、ナッキーのだんなさんは不在だった。ナッキーと私は、菓子を食べたりおしゃべりしたりしながら、『パイレーツ・オブ・カリビアン』のDVDを見た。その後、台所で夕飯の支度にとりかかる。メニューは、お好み焼きとアボカドサラダとえびマヨ（えびを揚げたものにマヨネーズソースを絡《から》める。むっちゃ美味）とフルーツポンチだ。ナッキーは手際《てぎわ》よく、料理の下ごしらえを進める。私はものすごい時間をかけて、果物を切ったりお好み焼きのタネをかき混ぜたりした。

お好み焼きのタネをぐいぐいかき混ぜていたら、腕が冷蔵庫の取っ手にちょっと触れた。その直後、私の額を冷蔵庫のドアが直撃する。いてて、いったい何が起こったんだ。なんでラブマンに、こんなトラップが仕掛けられているのだ？　その後も、フライパンでお好み焼きを焼きながら、冷蔵庫に寄りかかってはドアに弾《はじ》かれ、ということを繰り返した。私はそういう冷蔵庫があることを全然知らなかったのだが、ナッキーの家の冷蔵庫は、ドアの取っ手をちょっと押すと、バイーンと開くワンタッチ式だったのだ。

私が冷蔵庫と格闘を繰り広げているそのころ、ナッキーはかたわらで、えびマヨのソースの製作に着手していた。ナッキーは引き出しから、クルミ割り器のような、柄《え》のついた銀色の道具を取りだした。

「じゃじゃーん、これはなんでしょう」

と、ナッキーは得意気に私に問う。「なんでしょう」って、柄の先についた小さな皿部分に、ひとかけらのにんにくが入っているではないか。

「にんにくをつぶす機械でしょ？」

と答える。ナッキーは、柄の部分をギュッと握って、にんにくを押しつぶした。皿に空けられたたくさんの穴から、つぶれたにんにくがウニュウニュと出てくる。

「そうです、『にんにくツブサー』です！　どう？　すごいでしょ」

「『にんにくツブサー』？　この道具はそういう名称なの？」

「いや、それは私が勝手に命名したんだけど」

ナッキーは、ツブサーにへばりついたにんにくの残滓《ざんし》を、割り箸《ばし》で丁寧にこそげ落としている。

「あのさ……、わざわざその道具を使う必要はあるのかな。にんにくなんて、包丁の柄かなんかでガツッと叩《たた》きつぶせばいいんじゃないの？」

と、私は指摘した。「あなた結局、ツブサーに残ったにんにくを、さっきから手間をかけて箸で取ってるじゃないの」

「いいのよ！」

とナッキーは叫んだ。「とにかくツブサーは便利よ！　この、ウニウニっとにんにくを押し出す感触が、すごく気持ちいいんだから。貯《た》まったポイントと引き替えにスーパーでもらった、私のかわいいツブサーちゃんにケチつけないで」

「ふふん。にんにくをつぶすことにしか使えなくて、洗い物が増えて、置き場所もとるけれど、ツブサーは本当に便利な道具だなあ」

私は相変わらず冷蔵庫のドアに弾き飛ばされながらせせら笑い、ナッキーは「わかっちゃいないよ」とぶつくさ言いながらマヨネーズソースを調合した。

料理が出来上がり、だんなさんを待たずにばくばくと夕飯を食べる。食べながら、『ロード・オブ・ザ・リング 二つの塔』のDVDを鑑賞する。どのキャラが好きだとか、ここのアングルはどうだとか、かしましくしゃべっているうちに、だんなさんが帰ってきた。その前に、「いまから帰るよ」という電話がちゃんとあるところが、新婚さんっぽい。しかし「新婚」って、いつまでを言うのだろうな。私は、せいぜい結婚して半年ぐらいの期間かなと思っていたのだが……この夫婦、飽きずにいつまでも新婚だ。

だんなさんも夕飯を食べ、一緒にDVDの続きを見る。彼はなぜだか、少女漫画や女の子のオタク文化にとても詳しい。昔から少女漫画が好きだったそうで、愛読書は『風と木の詩《うた》』、敬愛する漫画家は多田由美《ゆみ》とBELNE。かつては「ジュ○」も読んでいたというから相当だ。私は、古本屋でもないのに「大ジュ○」とか、ちゃんと識別できている男性を初めて見た。

「ナッキー、あなたのだんなさん、なんだかすごいよ！」

と感嘆する。ナッキーはやれやれ、といった感じで、

「私このごろ、この人もしかして『そう』なんじゃないかなと不安になってきてる」

と言った。「そう」って「どう」だよ。だんなさんは、「そういうわけではない」と疑惑を否定していた。結局私は、十二時間ぐらいラブマンにお邪魔し、深夜に家まで車で送ってもらったのであった。

ところで私の身近にも、「そういうわけではない」と疑惑を否定している人間がいる。なにを隠そう、マイ・ブラザーである。

私の弟は、昨年後半に車の免許を取得してからこっち、連日のように深夜のドライブに出かける。助手席に、近所に住む彼の友人ジロウ君（仮名・二浪中）を乗せて。最初は、「免許を取って、運転が楽しくてしょうがないんだろうな」と微笑《ほほえ》ましく見守っていた私も、弟があまりにも頻繁に夜中にジロウ君とドライブするので、さすがにちょっと不安になってきた。弟はジロウ君から電話があると、どんな真夜中でも嬉々《きき》として車を走らせるのだ。ジロウ君の浪人ライフに潤《うるお》いを与えるために、持っているCDをあれこれとセレクトして車に持ちこんだりもしているようだ。

ぬぬぬ？　なんだか私に内蔵されたレーダー（どんなレーダーだ？）が反応するわ！

いやいや、思い過ごしに違いない。男二人が深夜にドライブしたからって、そこからすぐにどうこう考えるのは私の悪い癖だ。ジロウ君が乗ったあとのうちの車の助手席は、たいてい寝そべるぐらいの角度に倒されているけれど、だからなんだって言うのだ。

しかし昨年末、初雪が降った夜に、私はとうとう辛抱たまらなくなった。弟は車のサンルーフを開け、ジロウ君と雪見ドライブに出かけたのだ。明け方に帰ってきた弟に（助手席はまた倒されていた）、私は慎重に尋ねた。

「ねえ、あんたジロウ君とつきあってるの？」

弟は猛吹雪積雪三メートルといった感じの冷たい眼差《まなざ》しで、「はあ？」と言った。

「だってだって、あんた毎晩のようにジロウ君とドライブしてるじゃん！　べつに反対しないから、私には正直に言ってくれていいんだよ？」

「おまえはまた……」

弟は深いため息をついた。「なにを勝手に期待してるんだよ。オタクな妄想はやめろと言ってるだろ！」

今度ばかりは、あながち妄想とも言い切れぬと思うがな。私はさらに切りこんだ。

「いつもジロウ君とどこに行ってるの?」

「このあいだは○○湖に行った」

湖畔にラブホテルがいっぱいある湖である。「真っ暗でだれもいなかったなあ。石を投げたら、湖に浮かんだ白鳥ボートに当たったよ」

なに、それは青春の一ページってやつなの? 深夜に人気《ひとけ》のない湖に男二人で行って、石を投げたりなぞして戯《たわむ》れるのが? いったい二人はどういう関係なんだよ、と我が胸の内は千々に乱れる。

「その前は、横浜に行った。ジロウのやつが行きたいって言うからさ、へへ」

お父さま、お母さま、ごめんなさい。私の弟への教育の成果が、どうやら表れすぎてしまったようです。

「あんた……、そうだったんだね」

と私は言った。

「『そう』って『どう』だよ! すぐそういう発想になるのはどういうわけなんだよ!」

と弟は言った。

センター試験の前日にも、ジロウ君は弟の携帯に電話をかけてきたらしい。

「みっくん！（と、弟は友だちから呼ばれている）俺、緊張しちゃって駄目だよ！」

「ばっか、おまえもう三度目なんだから慣れたもんだろ？　大丈夫だって」

……いちゃこくな。

新婚リサーチ

友人に会って、夕ご飯を一緒に食べた。メンバーは、ナッキー、ぜんちゃん、S、Tちゃんだ。Tちゃんと会うのは、彼女の結婚式以来だから、ちょうど一年ぶりということになる。

Tちゃんは毎日、お料理の腕をふるっているらしい。ウェブに掲載された前回の話を読んでくれていた彼女は、会ってそうそうに私に言った。

「しをんちゃん。お料理の手際《てぎわ》のよさは、運動神経に比例するのよ！」

初めて聞く説である。「私はお料理がすごく好きで、いろいろ作ってみてるし、味も悪くないと思うの。だけど、作業がすっごく遅いのよ。料理は慣れだって言うから、そのうち速くなるかと期待してたのに、いつまでたってもスローモーなの！」

「いやしかし、それと運動神経と、どういう関係が？」

「『切ったりする作業が遅い』って、しをんちゃんも書いていたから、『これってどういうことかな』と私は考えてみた。そして判明したのよ。私たちに共通する要素といえば、運動神経じゃない！」

「でもTちゃんって、そんなに運動神経が悪かったっけ？」

Tちゃんと私は、中学と高校が一緒だったのだ。Tちゃんは、「いやあねえ、忘れてしまったの？」と私の肩をぽんぽんと叩《たた》いた。

「運動神経が悪いという点で、私はあなたに連帯感を持っていたのに！　私なんて久しぶりに同窓会で会った友だちに、『あなたの五十メートル走の記録、いまでも覚えてるわよ。うふふ』って言われちゃったんだから。本人がもう忘れてるのに、ひとの記憶に残るほどの記録だったんだから！」

「そりゃ、相当のものだね。だけどTちゃんは私ほどひどくはなかったよ」

「いいや、そんなことはない」

Tちゃんと私はいつのまにか、「どっちの運動神経がより悪かったか」を競い合っていた。

「なんか話が軌道から外れたわ。いまは『トロい子自慢』をしてる場合ではない。Tちゃん、じゃあなた、どれだけ料理をしても、運動神経が悪い私たちにスピードアップは望めないと、そうおっしゃるのね？」

「ええ。非常に残念だけど、それが、この一年間、真剣に料理に取り組んだ私の結論よ」

「ノオォォォ！　なんて血も涙もない結論なの！」

どうやら私たちは、のんびり着実に野菜を切っていくしかないらしい。

ぜんちゃんと私を除くメンバーは、既婚者である。私は常から、新婚さんというのは「二人だけの世界」だから、きっと部屋で変態的な行いをしているに違いない、と確信していた。ちょうどいいので、そのあたりを尋ねてみる。

「二人のあいだだけでのはやりとか、しきたりとか、そういうのはないの？」

すると、ナッキーが言った。

「あるよ。うちでは、相手がトイレに入ってるときに、ドアの鍵《かぎ》を外からコインでこじ開ける、っていう遊びがはやってる」

「……なにそれ」

すごくひんやりした空気が流れた。「トイレのドアを開けて、それでどうすんの？」

「いや、相手は用を足してるだけだし、どうもしないけど。バーンとドアを開けて、『どうだー、開いたわよー』『やめろよ、閉めろよ』とか言いあうの」

あんたたちは大馬鹿《おおばか》だ、という聴衆の非難の声にもめげず、ナッキーは続けた。

「他にも、相手の見ていないときに激しく踊って、気配を感じて振り向かれたとたんに、なにくわぬ顔で料理をしてるふりをしたりするわ」

だから、それにはいったいなんの意味が？　私が激しく虚脱していると、Tちゃんが明るく言った。

「あっ、踊りというとね。だんなさんは、一緒にテレビを見てるときなんかに私の手首を持って、あやつり人形みたいに私を踊らせるのが好きだよ。『もう～、やめてよ～』『なんで。いいじゃん。ほーら、猫パーンチ！』みたいな、ね」

「あー、やるやる！」

と、ナッキー。

「それで……」

盛り上がるTちゃんとナッキーに、私はおずおずと口を挟む。「『あやつり人形踊り』をした後は、どうするの？　つまり、『キャッキャッ、もう～やめてよ、お・バ・カ・さ・ん』とか言った後に流れるであろう白々としたムードを、どう処理して日常生活に復帰するのか、ということだけど」

「え？　べつに。『じゃ、ご飯食べよっか。きゃぴ』って感じよ」

結婚ってなんなんだ、と私は思い、Sは、「うちはそんなことしないけどなあ」と

言った。Sに対するぜんちゃんの答えは、

「Sにはもう、子どもがいるからいいんだよ。赤ん坊を放って、トイレのドアの鍵をこじあけたりしてる夫婦がいたら、私はかなりいやだよ」

というものであった。たしかにな。Tちゃんとナッキーのところは処置なしのラブラブぶりなので、せいぜい二人だけの春を謳歌《おうか》するがいいわいと、私は匙《さじ》を投げた。

そんなTちゃんはいま、ガンダムに燃えている。もちろん、他のメンバー（特にぜんちゃん）も、ガンダムは見ている。話題は必然的に、

「私はゲームをやるときも、シャアザクしか使わないわ」

「ザクが好きなんだ。でもあれって、ちょっとシルエットが女子高生みたいだよね」

という感じになる。私はそのとき、「いましかない！」と思った。

「ねえ、聞いて。私の友だちのOKちゃん（仮名）がね。向こうずねがベローンと剝《む》けて、血がだらだら出るような怪我《けが》をしたの。それで、『どうしてそんな怪我したの！』って驚いて聞いたら、彼女は言った。『歩道橋の階段から落ちたのよ！　ガンタンクみたいに！』って」

ぎゃははは、とテーブルは爆笑の渦に包まれた。あー、受けてよかった。私もこの、「ガンタンクみたいに」という比喩《ひゆ》は、ものすごく状況がよくわかる素晴らしい表現

だと思ったのだが（OKちゃんの向こうずねの悲惨な負傷状態もかえりみず、大笑いした）、ガンタンクを知らないひとには「なんのことやら」なので、お披露目する場が見つからずにうずうずしていたのだ。ちなみにOKちゃんと私のあいだで、挨拶《あいさつ》の言葉はしばらく、「ガンタンク！」だった。ガンタンクをご存じない方は、機会があったらぜひ形状をご確認ください。

ところで今回、ナッキーの過去のほのかな恋と、その破局が明らかになった。ナッキーが、少女漫画文化に造詣《ぞうけい》の深いだんなさんを選んだのには、わけがあったのだ。

「まだ十代のころのことよ。そのころ、なんだかいいな、と思えるひとがいたの。初めてのデートの待ち合わせに私は遅れてしまって、急いで駆けつけた。『ごめんね、待ったでしょ』と謝ったら、そのひとはにこやかに、『いや、本を読んでたから』と言ってくれたわ。それで、『まあ、このひとはなんの本を読んでるのかしら？』と思って見たら……、『週刊少年ジャンプ』だったのよ！」

「うん……？　え、だめなの？」

私たちは首をかしげた。ナッキーは息巻く。

「だめだよ！　いや、べつに『ジャンプ』がだめなわけじゃなくて、『本を読んでた』と言ったのに、それが本じゃなくて雑誌の『ジャンプ』だっつうのが、私にはどうもよくわかんなかったの！　『本』というものに対する認識の差異が、どうしても我慢できなかったの」

「『ジャンプを読んでたから』って言ってくれれば、なにも問題はなかったのね」

「そうそう。それで、そのひとへの恋心はスーッと冷めたね。そういうことがあったから、ちゃんと雑誌と本の区別がついていて、なおかつストーリー性を味わって漫画を読んできただんなを、『そうよ、こういうひとがいいのよ！』と選んだというわけ」

な、なるほど。私だったら、「本」と言って「ジャンプ」を読んでいても一向にかまわない。しかし、「本」と言って読んでいるのが、『これで上司とうまくいく！』みたいな実用書やハウツー本だったら、かなり情熱が冷めると思う。ひとそれぞれ、譲れない部分というのはあるものだ。

拝見記

品川にある原美術館で開催されていた、パトリシア・ピッチニーニ「WE ARE FAMILY」展を、思い立ってふらりと見にいく。

しかし、ふらりと見にいくには、品川って中途半端《はんぱ》に遠いのだ。道中、電車内で腹が痛くなり、どうしたものか迷う。近ければ目的地まで我慢しちゃえるし、遠かったら大事をとって途中下車しようと決断しやすい。私の住む町から品川は、突然の腹痛に対してどう処するべきか、どっちつかずの距離にあるのである。

さらに、腹痛の原因がわからないというのが、また困る点だ。冷えたのかな、とか、食べた物が腐ってたかもな、とか、目星がつけば、その後の展開もある程度推測できる。思い当たるふしのない腹痛というのは、徐々におさまるのか、劇的に悪化するのか予断を許さず、非常にスリリングだ。結局、品川の駅ビルのトイレに籠《こ》もり、腹具合を落ち着かせることにした。

トイレに並んでいたら、小学校低学年ぐらいの女の子が駆けこんできて、切羽詰まった様子で個室の前をうろうろしはじめる。彼女は、順番待ちの列の先頭にいた私を、なにごとかを哀願するような目で見上げてきた。私ももちろん、万感の思いをこめて彼女を見下ろした。「ファイナルアンサー？」って言うときの、み○もんたみたいな視線の応酬だった。そして、私は勝った。当たり前だ、私のほうが切羽詰まってるんだから。小学生のガキなら、おもらししてもまだ許されるだろ。女の子は諦《あきら》めて、すごすごと列の後ろについた。相変わらず腹は痛かったが、社会秩序が保たれたことに私は満足した。

肝心の「WE　ARE　FAMILY」展だが、面白かった。「和気藹々《わきあいあい》の家族を活写した心温まる写真展」などでは当然ない。「かわいいキモチわるい」感じで、私はけっこう好きだった。惜しむらくは、「ゲームに興じる年老いた少年達」のやっているゲームボーイ画面が、止まっていたことだ。どうせならゲームのソフトも作っちゃって、ハイスピードで自動的に展開される人生ゲームが、延々と画面に映し出されるようにしたらどうだろう。ちょっとベタすぎるか……？

ごくごくたまに「現代美術」の展覧会に行って思うのは、なぜ制作の動機や意図が文章で説明されてるのかな、ということだ（「この作品は○○に対する疑問から生みだされたものです」とか「〇〇への警鐘とも言える刺激的な作品群です」とか)。作者本人が明確に述べているわけではなくても、チラシやパンフレットに、ほとんど絶対の確率で、まさに「解説」としか言いようのない丁寧なる解説が載っている。そういうのがないと、あまりにもとっつきが悪くてわけがわからん、という作品も、もちろんあるだろう。しかしそれにしても、不思議な風習だよなと思う。解釈の幅を狭めることに繋《つな》がらないいんだろうか?

音楽でも映画でも漫画でも小説でも、「どうしてこの作品を作ったんですか?」と聞かれたら、ちょっと困ってしまうんじゃなかろうか。「〇〇というテーマを追求したくてですね……」などと、苦心惨憺《さんたん》してなんとか答えたとしても、それはどこか後付けというか表層的な答えにすぎなくて、結局のところ、「見たり聞いたり読んだりした人が勝手に想像してください」と言うしかない。

だが「現代美術」って、そのへんがちょっと違うらしい、という印象を受ける。理論が先にあるというか、「多くを語れる作品を作った者勝ち」というか……。たぶん、「世界にたった一つしかない作品」に「価値」をつけるには、どれだけ理論武装できるかが重要になってくるんだろう(これがたとえば小説の場合、どんなに売れなくても〔ゲホゲホ〕、それが「商品」である以上は、一冊しか刷られないということはない）。ただのウォッカの空き瓶を、「ソ連崩壊の日、スターリンの別荘に転がっていた空き瓶」と銘打って売るようなもんだな。

ピッチニーニ氏の作品は、「説明」がなくても充分楽しめるし、いろいろ想像させてくれるのにな、とちょっと思ったのだった。

さてさて、今週からドラマ『白い巨塔』の第二部がはじまった。うおーん、待ってたわ〜！　放映のなかった年末年始にも、木曜日に未練がましく念のためテレビをつけたりしちゃってていたわ〜！

だが締め切り前夜のため、涙を呑《の》んでビデオをセットする。ドラマをビデオに録《と》ってまで見ようとするなんて、何年ぶりのことだろう。危機的状況にあった締め切りをなんとか乗り越えたのは、『白い巨塔』を早く見たいという思いのなせるわざと言っても過言ではないかもしれない。

感想。財前君はアウシュビッツでなにを学んできたんでしょうか。

もうー、ほんっとにイヤな奴《やつ》だなきみは！　と画面に向かって怒る。病室では弁当屋のご主人が大変なことになっていて、「病院って真実こんななの？」とブルブル震える。だが、すごくシリアスな場面だというのに、金井助教授が柳原君にあまりにも見事に吹っ飛ばされたので、思いがけず笑いを炸裂《さくれつ》させてしまった。いやあ、すごかった。なみのコントなんて目じゃないくらいの、渾身《こんしん》の突き飛ばされかただった。どの役者も入魂の演技だからこそ、「おいおい、ドラマ的にはNGなんじゃないか？」という迫真の所作や表情があちこちに散見されて、ますますこのドラマをおもしろくしている。鼻水垂れるの当たり前。死亡時刻告げようとして吹っ飛ばされるの当たり前。私はそのたびに、うんうんとうなずくのであった。そうだよな、泣いたら鼻水出るよな。自分のせいで患者が死んだら、上司を張り倒してでもなんとか蘇生《そせい》させようとするよな。

財前君のドイツ出張（原作）がポーランド出張に変わったのはいいとして、ちょっと残念だったのは、ドイツ娘とねんごろになるシーンがなかったことだ。かわりに、ポーランドまで黒木瞳《ひとみ》が来ていて、かなりゾーッとする。こんな愛人、私だったらいやだな……。やはり財前君には、行った先々で精力的に女遊びしてもらいたい。それでこそ「イヤな奴キング」財前君だ。しかし、ポーランドでの案内係である製薬会社社員を、隙《すき》あらばホテルの部屋に連れこもうとするガッツはよかったぞ、財前君！

結局のところ、私は「イヤな奴」たる財前君を愛してるので、中途半端に改心などされたら興ざめなのである。ああ、これからの財前君の心の旅路はどうなるのだろうか。早くも最終回について気が揉《も》めて揉めてしょうがない。

などと思っていたら、大河ドラマ『新選組！』に、里見先生（江口洋介《ようすけ》）と東《あずま》教授（石坂浩二《こうじ》）が出演しているではないか。まあ、見なきゃ。

「新選組」物を見るたびに、「この役がこの人？　イメージと違うわね」などと思ってしまうのだが、じゃあ自分の中にある「イメージ」ってどこから来たものなんだよ、とも思う。いままで映像や文章で、あまりにも多くの「新選組」が結成されてきたから、みんながそれぞれ自分のイメージに則《のっと》ってキャスティングしたら、十万通りぐらいの新選組が出来上がりそうだ。

第一回目を見て少し気になったので、近藤《こんどう》君と土方《ひじかた》君と坂本竜馬《りょうま》の生没年を調べてみた。わ、若いな……。いくらなんでも江口洋介（坂本竜馬役）は、実際の年齢に即して考えるとちょっと無理があるな。まあいいか。映画『御法度《ごはっと》』では近藤君と土方君が崔《さい》監督とビートたけしという驚きのキャスティングで、さすがに「養老院じゃねえんだからよう」と思ったものであった。あれはあれで悪くはなかったのだが、やっぱり「若さ」というのは幕末を考えるうえで大きなポイントじゃなかろうか。「群像劇」というのは、若い群像だからこそ許される。若さゆえのバカぶりというか迷走ぶりを、見る者は味わいたいのだ。年寄りが迷走していたら、それは単なる徘徊《はいかい》である。

というわけで、あと数回は大河ドラマを見て、今後見るかどうか様子をうかがうつもりだ。役者の顔と役名がなかなか一致しないので（自分イメージと違うから）、紹介の字幕は毎回出してもらいたい。しかし字幕、ちょっと大きすぎて格好悪い。いっそのこと、名札を着物に縫いつけるというのはどうかしら？

骨折り損のくたびれもうけ

それは、目前に控えた締め切りに向けて、私がターボエンジン全開でキーボードを打ちまくっていた昼下がりのことであった。ドコドコドカーン！　と地響きが起こり、家が揺れた。すわ、何事が出来《しゅったい》せしや？　私は顔を上げ、あたりの状況を確認した。地震があったのでも、部屋の床がついに抜けたのでもないようだ。となると、母が立てた物音に違いない。

「どうしたの!?」

と、部屋のドアを開けて廊下に向かって声をかけた。すると「ここ、ここ！」と、母の声が弟の部屋から私を呼ぶ。行ってみると、母は床の上に仰《あお》向《む》けに寝そべっていた。すごくイヤな予感がするなあ。

母の頭の脇《わき》にしゃがみこみ、

「……どうしたの？」

と、もう一度聞いてみる。母は、

「あ〜、あ〜。お母さん、馬鹿《ばか》やっちゃったよぅ」

と脂汗《あぶらあせ》を流しながら言った。その口調は、「家政婦は見た！」の市原悦子にそっくりであった。母の十八番は市原悦子の物真似《ものまね》なのだが（すごくおだてて頼みこむと、たまに真似してくれる）、脂汗から推測するに、どうやら冗談事ではなさそうだ。私は、「そうか、この人、素で市原悦子に口調が似てるんだ」と新たな発見をしながら、

「どういう馬鹿をやっちゃったのかな」と聞いた。

「キャスターつきの椅子《いす》を踏み台にして、箪笥《たんす》の上を掃除してたのよ。そうしたらガーッと動いちゃって、バランスを崩して床に落ちた。右腕が動かない。たぶん折れたわ」

「折れた……」

と、私はしゃがんだままつぶやいた。

「あ〜、貧血が起きてきた。お茶持ってきて」

と、母は寝そべったまま命じた。

おお、なんてこと。さよなら締め切り！　さよなら私の信用！

私はそのときすごく小用を足したかったので、ストローを差した湯飲みをとりあえ

ず母に与えておき、トイレに行った。そうしたら母が「しをん！」と呼ぶ。

「お茶をこぼしたわ！　おしっこしてる場合じゃないわよ！」

パンツを引き上げつつ、再び母のもとへ戻って床を拭《ふ》く。当然、母は床に寝たままだ。

「お母さん。病院に行かないとね」

「ええ。でも起きあがれないわ」

「折れたらしいのは右腕でしょ？　左腕を私の肩にまわしてみて。上体を引き起こせたら、立てるんじゃないかしら」

二人でうんうん試みるも、母の体は床にぴったり貼《は》りついたままだ。

「ダメダメ、無理無理！」

と母は言った。「救急車を呼んでちょうだい」

腕の骨折と貧血で救急車を呼んでもいいのかなと思うが、このまま床に転がしておくわけにもいかない。私は、前開きの服やら靴やら保険証やらの用意をしてから、１１９番通報した（その間、母は「その服はいやだ」とかなんとか、いろいろ文句をつけてきた。そんなこと言ってる場合かー！　と絞め殺したくなること三回ほどであった）。

戸締まりと火の元の確認をしながら、救急車の到来を待つ。おお、サイレンが聞こえるぞ……と思っていたら、音は一つ隣のブロックに入っていってしまった。救急車が迷子！　急いで迎えに行く。

三名の救急隊員を母のもとへ案内し、「この状態なんですが……」と判断を仰ぐ。頼もしき救急隊員は、手早く応急処置をしてくれ、さて家から担架で運び出すべ、という段になった。しかし問題があった。うちの階段はものすごく急で狭く、家の立地条件も悪いので、三人では担架を運べないと言うのだ。携帯電話で応援要請をする隊員。やがて聞こえるサイレンの音。は、は、はしご車が来ちゃったよ！

「あのあの、どこから母を出すんでしょうか？　まさか窓からはしご車で？」

「いえ、担架ですよ。人手が足りないので、応援を頼んだだけです」

なんだ、そうなのか。怪我《けが》の程度にそぐわない一大スペクタクルを回避できて、ちょっとホッとするような、ガッカリするような、複雑な気分である。母は担架に乗せられ、七人もの屈強なおのこたちに担《かつ》がれて、階段を下りていった。その間も彼女は、

「ギャー、落ちるかも～」

と言っては、「大丈夫ですから」と隊員になだめられていた。七人がかりで慎重に運んでもらっているというのに、なんて失礼な女なのだ。いっそのこと気絶していて

くれたらよかったのに、と心で母を呪《のろ》いつつ、「すみません、すみません」と隊員のみなさんに平謝りする私。

救急車に同乗し、病院へ向かう。母はむくんだヒキガエルみたいに、相変わらず脂汗を垂らしてぐったりと目を閉じている。救急外来で、まずはレントゲン撮影。次に、診察の順番を待つ。初めて知ったのだが、救急隊員は、患者を担当の医者に引き渡し、サインをもらわないと任務完了にならないのだそうだ。病院の廊下で一緒に待ってくれる。こうしているうちにも、ほうぼうで隊員の助けを待つ怪我人や病人がいるかと思うと、本当に申し訳なくてたまらない。

その気持ちに追い打ちをかけるかのように、なんと母は、レントゲン室から歩、い、て、、、車椅子に移動し、そ、れ、に、乗、っ、て、出てきた。「あ、あ、あ、歩けたんかい！」と心中で叫ぶ救急隊員と私。またもや、「すみません、すみません」と米つきバッタになる。「いや、よかったですよ。ははは……」と、苦難の担架行を思い起こしてうつろな笑いを見せる隊員。

ようやく待ち時間が終わり、救急隊員は職務に戻っていった。ありがとう、偉大なる人命救助者たちよ！　ありがとう、働く自動車よ！　私は今回ホントに、救急隊員のひとたちの仕事の大変さと、すごさを思い知った。その仕事の責任の重さとありがたさは、私がいまの五百倍ぐらい税金を払っても見合わないほどだ。母は痛みが激しくなってきたらしく、出産するのか？　というほどフーフー言いながら、

「あ……隊員のひとたちに、お代を払ってないわ……。あんた、追いかけて払ってきて」

と私に命じた。お母さん、救急車はタクシーじゃないから。タダだから。社会保障の概念を、だれかこいつに教えてやってくれ、と思う。だから、歩けるのに救急車呼ぶなっつうの！

診察してくれた先生は、「折れてるね。入院。そんで手術」と言った。

入院！　手術！　もうダメだ。もう完璧《かんぺき》に私の仕事は暗礁《あんしょう》に乗りあげた。しかし途方に暮れる暇はなかった。母が、「えー……手術ぅ～」と、不満そうだったからだ。あんたはまた、我がまま言って！　先生と二人がかりで、「このままじゃ腕が上がんなくなっちゃうから」と説得する。

入院手続きをし、あてがわれた病室に母を押しこめ、必要なあれこれを売店で買いそろえた。手術内容について先生から説明を受け、同意書にサインして、ようやくだいたいの準備が整ったときにはすでに夜。

「じゃ、明日の手術に備えて、今夜はゆっくりしてるんだよ」

と言い聞かせる。母は、

「全身麻酔だなんて、死ぬかもしれないわ。台所の鍋《なべ》にガンモドキの煮物が入ったままなのに……」

と不安顔だ。

「いや、死なないから。腕をちょこっと切って骨を元の位置に戻すだけだから」

「ガンモの煮物は、もう一度火を入れて、小さく切っておくように」

以下、百項目ぐらい「やるべきこと」を申しつかる。

ようやく母を振りきって帰宅するも、あとからなにも知らずに帰ってきた父や弟は、「お母さんどこ行ったの。は？　椅子から落ちて骨折？」と、あまり役に立ってくれそうもない。入院道具をあれこれ鞄《かばん》につめる（翌日、母に「そのタオルは私のじゃない」とかなんとか、あれこれ文句をつけられ、「絞め殺すか」と思うこと無数回）。

徹夜ついでに朝から病院へ行く。母は、ガラガラと手術室へ運ばれていく前に、

「手術中は外で待機していてちょうだい。大出血したら（しないっつうの！）輸血が必要でしょ。あんた、私と血液型同じだったわよね」

と言った。ひとの血をあてにするなー！　いま血なんか採られたら私が倒れるわい。母が麻酔されてなにもわからぬのをいいことに、さっさと家に戻って睡眠を取ってお

く。

母は無事に手術が終わり、医者も感心する速度で骨をくっつけつつある。そして私は、下僕のように彼女に仕える毎日だ。

教訓：全国の中高年者は、キャスターつきの椅子を踏み台にするな。

破滅へ疾走する恋

マイ・ブラザーとジロウ君との仲は進展せしや否《いな》や、と最近どしどしと（三名ほどから）質問が寄せられる。あ、ちなみにジロウ君ていうのは、彼が二浪中だからつけた仮名です。本人がこれを読んでいたら、私は身の破滅だ。道で行き会ったらタコ殴りにされることであろう。ジロウ君は近所に住んでるから、バッタリと会う可能性はなきにしもあらずだ。でも私はこれまで、ジロウ君の顔を知らなかったんッス。そうね、十日ぐらい前までは。

以下、十日ぐらい前の夜についての回想。

その日、私は一日中マジメに仕事をしていた。パソコン画面を凝視しつづけた我が眼球は腫《は》れ上がって涙を迸《ほとばし》らせ、うねる魂のおもむくままキーボードを叩《たた》きつけつづけた我が指先は鮮血をしたたらせる。風呂《ふろ》には三日ほど入っておらず、我が体から漂《ただよ》う芳香は煙草《たばこ》でいぶしたスモークサーモンのごとし。拭《ふ》く間を惜しんだ眼鏡は、愛しい人の姿を朧気《おぼろげ》に浮かび上がらせる磨《す》りガラス、といった風情《ふぜい》であった。

そんな深夜、玄関のドアが開閉する音を聞いた。チッ、弟め。またジロウ君とミッドナイト・ドライブか。なんで俺をつれていってくれないのだ。このあいだなんか、私が、

「ねえ、明日は私も一緒にドライブに行きたい」

と申し出たら、弟のやつは即座に「断る」と言いやがった。

「なんで？　いいじゃん」

「俺とジロウだけでも狭い車内なのに、そこにブタさんが乱入したら酸素が足りないんだよ。だから来んな」

「じゃあ、ジロウ君はトランクに入れておけばいいわ」

「それじゃ意味がねえだろ。おまえがトランクに入っとけ。呼吸も控えめにしろ。それならいいけど」

意味がねえ、ってどういう意味だ。なんでそんなに、「ジロウと二人きりでの」深夜のドライブにこだわるんだ！　私は弟をそう問い詰めたくてたまらなかった。いっそホントにトランクに入って、二人の仲を観察したかった。

まあそれはともかく、問題の晩も、弟はドライブに出かけたようだったのだ。うぬ

ぬ。私は腐れた燻製《くんせい》みたいになっているというのに、おまえは恋人（？）とランデヴーか！　タイヤなんか四つともパンクすればいい。

妬《ねた》みとそねみをパワーに、我が血まみれの指先はロケンロールのリズムで呪《のろ》いの文章を紡《つむ》ぎ出す。と、そこでふいに尿意を覚えた私は、トイレに行くことにした。ぶるぶる、廊下が夜気で冷えこんでるぜ。いつもどおりトイレのドアは開けたまま、思う存分用を足す。おや、弟の部屋から明かりが漏れているではないか。やつめ、電気を消し忘れて出かけたのか？　それとも、玄関の開閉音を聞いたと思ったのは幻聴だったのか？

私はトイレの帰りに、「ねえ、弟〜」と声をかけながら、弟の部屋のドアをがちゃりと開けてみた。すると部屋の中には、見知らぬ若いおのこが立っていた。

「ぎいやあああああ！」

夜のしじまを引き裂く私の悲鳴。「だだだだだれ！　あんただれっ！」

と叫びつつ、私は弟の部屋のドアを閉めた。なぜって、若いおのこの前にさらしていい姿では到底なかったからだ。私ったら、だぼだぼのスウェットの上下に、毛玉だらけの厚手の靴下、汚いドテラを羽織って、髪は引っ詰め、眼鏡は曇り、肌の手入れなんて一週間も怠った、つまり一言で言って「壮絶にいけていない姿」だったのだ。

ドアを閉める寸前、その深夜の闖入者《ちんにゅうしゃ》（なぜかバスケットボールを抱えていた）が「あ、ども」と会釈《えしゃく》するのと、弟がベッドに腰かけてにやにやしているのとが見えた。

ジロウだ。あれが噂《うわさ》のジロウだ……！

私はそのまま親の寝室へ駆けこみ、眠っている母を叩き起こした。

「おおおお母さん！　弟の部屋に知らない男がいるよ！」

「ぐが？」

と母は目を覚ました。「知らない男ってだれよ（「知らない男」って言ってるのに「だれ」って聞くな）。泥棒？」

「いや、たぶんジロウ君だと思うけど。うちはハレンチ学園じゃないんだよ！　深夜に男をつれこむなんて……！」

「あら～、ジロウ君が来てるの？　いつも息子がお世話になってるから挨拶《あいさつ》したいけど、お母さんもうお化粧落としちゃったし、眠いし。飲み物かなんかあったかしら……ぐー」

あんた、なに寝ぼけたこと言ってんだ。あたしなんかジロウ君に、地球上の生命体としてありえないほどみすぼらしい姿を目撃され、ついでにトイレの音まで聞かれちゃったってのに。化粧云々《うんぬん》を気にして、そのくせグーグー寝てる場合なのか？

私は即座に自分の部屋へ戻り、弟の部屋との境の壁にぴったりと耳を押しつけた。聞こえる。低い話し声や、くすくす笑いが聞こえてくるぞ。楽しそうだな、おい。

ジロウ君は後朝《きぬぎぬ》の別れを惜しみつつ（これは想像）、夜明け前に帰っていったようだった。

私は朝食の席で、もちろん弟に言った。

「あのねえ、ジロウ君を家につれてくるときは、『来るよ』って一言言っておいてよ。そうしたら私だって綺麗《きれい》な格好して、化粧だってちゃんとしておいたし、ドアを開けたままおしっこなんてしなかったし、廊下で自作の鼻歌（「今夜は冷えるぜ、トイレが近い」みたいな歌詞）だって歌わなかったのに！」

「いま言ったことを、ジロウが来ようと来まいと、おまえが常に実践してくれることを俺は願うよ」

と、弟は言った。

「ジロウ君、私のことなにか言ってた？　○・五秒ぐらいでドアを閉めたつもりなんだけど、見られちゃったかなぁ」

「ああ、『いまのが、例の「ブタさん」？　なんかすごいね』ってさ」

すごいね、って、それは十中八九、褒め言葉じゃないよな。

「ぎいやあああ！　お願いだから、今夜もジロウ君をつれてきて！　ちゃんと準備しておくから！　それがかなわないなら、『昨夜見たのは幻だよ』って今すぐメールを打って！　ていうか、ジロウ君にまで私のことを『ブタさん』とか言ってんのかあんたは！」

「真実、ブタさんなんだからしょうがないだろ！　昨夜のあの姿をジロウに見られて、それでもなお、おまえは自分を人間だと言い張るつもりか、おこがましい！」

ぎゃーす、ぎゃーす、と喧嘩《けんか》し、弟はどこかへ出かけていった。そしてその午後、母はキャスターつき椅子《いす》から転げ落ちて腕を折り、入院したのである。

状況が少し落ち着いてから、私は病院のベッドで寝てる母に尋ねた。

「どうして急に、弟の部屋の箪笥《たんす》の上なんか掃除する気になったのよ」

　すると母は答えた。

「だって、骨を折る前の晩、ジロウ君が来たでしょ？　あの子（弟のこと）が友だちを家につれてくるなんて珍しいわよね。だからお母さん、ちょっと張り切っちゃって。またジロウ君が来たときに、箪笥の上に埃《ほこり》がたまっていたら見苦しいだろうと思ったのよ……」

　どこからつっこめばいいのかわからず、私はがっくりと倒れ伏した。

箪笥の上なんてだれも見ないよ！　私が一週間以上、骨折騒動でゴタゴタしていることの遠因は、ジロウ君にあったのか！

私はひそかに、「弟よ、その恋は茨《いばら》の道。破滅へ通じるつらい恋になるかもしれぬよ」などと思っていたのだが、なんのことはない。やつらの恋（？）によって破滅へ導かれたのは、私だったのだ。

弟は母の入院中も、ジロウ君とのドライブを敢行していた。あいつらの乗る車なんか、オンボロ馬車になっちゃえばいい！

たまに夢見がち

友人Hから、「お母さんの具合はどう？」というメールが来た。ありがとう、友よ！　私にかかれば、家事なんて赤子の首をひねるように簡単な作業ですから、ご心配には及びませぬ。洗濯物を干すために早起きするので、午後になるとどうしても昼寝しちゃうけど。昨日の夕飯に作った豚のしょうが焼きは、ちょっとからかったけど。

それでHと最初は、「いざ突発事態が出来《しゅったい》したとき、どうして周囲は娘の献身を期待するのか」というテーマで、メールをやりとりしていた。明らかに家事に不向きな娘もいるものなのに！　いまどきの若い（？）女性は、たいがい仕事を持っているものなのに！　それなのになお、「母親の看護は主に娘の役目よね」という暗黙の共通認識があるのはどういうことなのだ。これって性差別じゃないのか、ぷんぷん（「自分にとって都合の悪いことは、強引に性差別にしてしまおう」論法）、というわけだ。

しかしそのうち、メールの雲行きがあやしくなってきた。

私は母の骨折前に、『ロード・オブ・ザ・リング　王の帰還』を一回だけ見た。上映がはじまる前から、「いよいよこれで完結か……！」と感極まって、館内の暗闇《くらやみ》の中でちょっと泣いた。早すぎる。

内容はもう、もう、満足ですたい！　よくぞこんなふうに、夢中になって楽しめる映画を、丁寧に作ってくれた！　ピーター・ジャクソン監督以下、映画のスタッフ、キャストに乾杯だ！　ぐびぐびぐび（こも酒を飲み干す音）。

そんなこんなで、「ああ、もっと何度も見にいきたい。そして『王の帰還』について、だれかと語り合いたいなあ」との思いが、私の中で煎《せん》じつめられ、煮つまって、どろどろのねちょねちょになっていた。だから私はつい、Hへのメールの中に、母の肩に膏薬《こうやく》を貼《は》るあいだに熟成させていた香ばしい妄想を、叩《たた》きつけてしまったのだ。

以下、私からHへ送った愛のメールである。放送禁止用語（？）の部分は伏せ字にしたが、あとはすべて原文のままだ。

私はねえ、ヴィゴと子どもを作る。眉毛《まゆげ》が薄いのは決定ね。でもきっと、（彼のおかげで）かわいい子になると思うのね。ああん、楽しみだわ～。

……………。

ごめん、「王の帰還」を見たもんで、ちょっと気が×××みたい。(注：つまりは「マッド」の意)

こんな女子中学生みたいな狂い方、自分でもしたくないんだけど。ホントよ。でもダメなのね〜。ついついドリームしちゃうのね〜。

なんつうの、彼(あ、ヴィゴのことね、念のため)、子作り行為もすごく繊細だと思うんだ。いざコトに及ぼうとして、爪《つめ》(いつも短く切ってはあるんだけど)が汚れてることに気づいて、「ソーリー、ちょっと待ってて」と、さりげなく手を洗いに行っちゃうような。そのついでに、バスルームからこれまたさりげなくコンドームを持って帰ってくるような。あらダメよヴィゴ。それじゃ子どもができないわ！

いったいどのへんが『王の帰還』についての感想なのか不明だが、とにかくまあ、感動と興奮が伝わってくるよいメールである。

それに対してHは、私のメールをご丁寧にもすべて引用したうえで、以下のように返信してきた。

……。

あんた、アタマが××××よ！（注：つまりは「マッド」の意）
貴殿の冷静さを促すために全文ママで引用してみました。

んまあ、失敬なおひとね。だいたいHも、このあとメールに延々と、なぜか佐藤浩《こう》市《いち》との「冬の京都不倫旅行」について、めくるめく妄想をしたためているのだ。

以下、Hの脳内不倫京都旅行である。


冬、京都に一緒に行きたい芸能人は？

ずばり、佐藤浩市です（異論はあろうがここはこれで）。

べつに好きでもないし特によく知ってるわけではないのだけど、妄想しだすとこれがどんぴしゃりだと思うのね〜。

「もう少し寒くなったら、京都へ行かないか？」な〜んて！

そんで、忙しい仕事を何とか調整してとった二日間の休み。

吐く息も白い二月の早朝、新横浜からのぞみのグリーン車に乗り込むとすでに彼は窓際《まどぎわ》の席にいて、新聞なんか読んじゃってるんですよ（眼鏡）。

「おはよう。……来られないかと思った」な〜んて!!

で、「悪い、ちょっと眠っていいか」とかなんとか、二人して名古屋あたりまで熟睡。んで、京都では四条の炭屋なんかに泊まって、荷物を預けて観光へ。

人がいない時期だし、静かに庭なぞ眺めましょう、ってことで大徳寺あたりがイメージですね。ちかくの茶店であぶりもちを食べる！

佐藤浩市的には甘いものにそれほど興味はないが、「君、好きでしょ、こういうの」と、つれてってくれるの。

それから～、今日は節分だから、吉田《よしだ》神社の縁日に行って～。夕闇の人混みにぼうっとしてしまうと、「あぶないからしっかりね」とかなんとかたしなめられちゃったり。

翌日はねえ、「夜にどか雪が降って快晴」バージョンと、「降り続く雪」っていうバージョンがあるのよ。

冬の閑散期だから、渡月橋にいくの。

しんしんと降り積もる雪に、

「誰もいないね。……寒い？」「このままどこかへ消えちゃおうか」とかね‼

帰りの新幹線を心配する私に「……帰りたいんだ？」なんてね‼

晴れバージョンは、雪が太陽にきらきらして、もう帰らなくちゃいけなくてせつない！　このまま溶けてしまいたい！　みたいな？

……どうなんですか、このひと。私のほうこそHに、「アタマが××××！」と言ってやりたい気がするのだが。

みなさん、お気づきになられましたか？　彼女はメールの文中で「今日は節分だから」とか言ってますが、もちろんこのメールをやりとりした日は、節分でもなんでもありません！　もうすっかり日にちまで勝手に脳内設定しちゃっているのだ。大丈夫なのか、H!?

真っ昼間から仕事中にこんなメールをやりとりしている、我々に幸あれ……！

「『王の帰還』をあと三回は見るぞ」という決意表明と、「妄想メールはほどほどに」という教訓話でした。ホントにほどほどにしとかないと、Hも私も『オタッコの冒険往《ゆ》きて還《かえ》らざりし物語』の主人公になっちゃうわ。

鬼の一念

「やれば出来る」は魔法の合いことば〜。済美《さいび》高校の校歌をくちずさみながら、こんにちは。

校歌って、重々しくて校名をやたらにリフレインするもの、というイメージがあったが、春の甲子園で優勝した済美高校の校歌は、革新的な歌詞と曲調だ。「みんなのうた」で流れていてもおかしくないほどの明るさと、口語の歌詞。みんなで仲良く歌うにふさわしい、いい校歌だなあと思った。二番、三番の歌詞も知りたい。「諦《あきら》めたらそこで試合終了だよ」と安西先生は言った〜（by『スラムダンク』）、なんて内容になっていそうだ。

夢も希望もないことを言ってしまうが、私個人としては、「やればできる」と信じてはいない。やってもできないことはあるよな。たとえば逆上がり。しかし、「念ずれば通ず」「愛の力は偉大なり」と実感するような出来事を体験した。

ヴィゴ・モーテンセンに会ったのである！

あ、正確に言うと（ていうか、冷静になって言うと）、「会った」ではなく「ヴィゴ・モーテンセンを遠目に見た」だけど。

『ロード・オブ・ザ・リング』でアラゴルン役を演じ、ここ数年間というもの、私の心臓に胃痙攣《けいれん》を起こさせてきた愛《いと》しいおひと、ヴィゴ・モーテンセン。彼が、新作主演映画『オーシャン・オブ・ファイヤー』のプロモーションで来日したのだ。ぬぬぅ、この機を逃してなるものか！　私は「生ヴィゴを見たい！」とアピールしまくった。どこへ向けてのアピールかわからないが、とにかく「見たい、見たい」と騒ぎ立てた。そして見事、念願かなって、知人のYさんとプレミア試写会に潜入を果たしたのだった。まさに、「やればできる」は魔法の合いことば、だ。

完全に浮き足立ったYさんと私は、前日から、「ヴィゴに会ったらなにを聞いてみたいか」について熱く語りあった。会うわけじゃないから、見るだけだから、と諫《いさ》めてくれるひとはだれもいない。

「やっぱり最初は新作映画について聞いて、そこから徐々にプライベートについての質問へ発展させていくのがいいんじゃないすかね」

と、私は提案した。Yさんはふむふむとうなずきながら、

「プライベートっていうと、たとえばどんな？」

と言う。

「そうですね、私がいま気になってるのは、『ヴィゴ、足の爪《つめ》はどれぐらいの頻度で切るの？』ってことでしょうか」

「え……」

呆《あき》れたのか、ヴィゴの爪切り風景に思いを馳《は》せたのか、しばし絶句するYさん。

「それが、彼に一番聞きたいことなの？」

「いえ、一番はもちろん、『ヴィゴ、私のことを愛せそう？』ってことですよ！」

「きゃー！」

「きゃー！」

私たちには正気がカケラも残っていなかった。その後は延々、延々、交互にヴィゴになりきっては、相手の質問に答える、という遊びをしつづける。自分で思いついたヴィゴへの質問に、ヴィゴになりきった自分自身が答える、という究極の自問自答も成し遂げた。「撮影中、TJ（映画に出演した馬の名）とはどんな関係でした？『TJは本当に素晴らしい才能を持った役者だよ。馬とは思えないね。いまではもう、TJとわたしは恋人同士のようなものさ』」。こんな調子だ。

私は常々、「ヴィゴとの子どもをつくる」と友人知人に言いふらしているので、そろそろ病院からの迎えが来てもおかしくない。しかしYさんに、「いよいよ実行に移すときが来たんじゃない？　ホテルに張り込まなくていいの？」と聞かれて、途端にもじもじしはじめた。

「それは時期尚早ですよ。ほら私、いま史上最高に太ってるし……」

どうしてヴィゴの来日に合わせてちゃんと摂生しておかなかったのか、非常に悔やまれてならない。ま、「子づくり作戦」はまた次回ということで、今回は全身全霊を傾けて、試写会で舞台挨拶《あいさつ》するヴィゴを見つめることになった。

新宿ミラノ座に現れたヴィゴが、いかに美しかったか、いかに愛らしく、いかに知的で素敵だったか……。いかなる言語によっても表現しきれぬものがあった。ビッグバン三回分に相当するエネルギーを傾注して、各自で想像していただくしかない。それでようやく、生身のヴィゴの魅惑の一端が明らかになる、ぐらいの素晴らしさ。

「非常にシャイなひとでしたねぇ」

「あのシャイっぷりも演技だったらどうしましょう」

「そんなブラック・ヴィゴもステキ」

と、私たちは夢うつつの気分で話しあう。

「あんたに惚《ほ》れて悔いはない」と思わせる魅力にあふれた、ヴィゴ・モーテンセンだった。この数年、私も無駄に心臓を胃痙攣させていたわけじゃなかったんだわ、と充実感を覚える。

ヴィゴの舞台挨拶の後に、『オーシャン・オブ・ファイヤー』が上映された。生身のヴィゴ本人を目撃した直後なので、「まだ夢の中にいるんかのう」という感じだ。なんたって、ヴィゴが主役としてスクリーンに二時間出ずっぱり。彼が主役の映画だなんて、おお、全世界のヴィゴファンの悲願が達成されたのだわ……！

作品自体も、すごく丁寧に作られていて、とてもよかった。もしかしたら「惚れた欲目」で点が甘くなっているのか？　とも懸念《けねん》されるが……。いやいや、ヴィゴ目撃から一週間ほど経《た》ったいま、改めて思い返してみても、『オーシャン・オブ・ファイヤー』はいい映画だった。私はもちろん、公開されたらちゃんとまた劇場へ見に行く。

映画のあらすじは、カウボーイのフランク（ヴィゴ）と、野生馬のヒダルゴが、名誉と富を手に入れるため、アラビア半島で開催される馬のレースに参加する、というものだ。砂漠を四千八百キロも馬で走り抜ける苛酷《かこく》なレース。ライバルはアラブの名馬たち。フランクとヒダルゴは自然の猛威と戦い、利権と欲望の絡《から》みあう人々の思惑をかいくぐって、ひたすらゴールを目指すのであった。

泣きそうなヴィゴ、砂まみれのヴィゴ、馬と仲良しのヴィゴ、とヴィゴの魅力がスクリーン上で次々と炸裂《さくれつ》する。あ、またヴィゴ語りになってしまった。ヴィゴを抜きにしても、美しく厳しい砂漠の情景や、妙な偏見や先入観なしに描かれるアラブの人々の文化や暮らしぶりなど、見どころはたくさんある。一番の見どころは、ヴィゴが〇〇されそうになるシーンかしらね、やっぱり。あ、またヴィゴ語りに……。

もちろん、馬のレースのシーンも迫力満点だ。なんといっても、「異文化に触れた西洋人」的な作品にありがちな、押しつけがましさや「いらぬ世話」ぶり（たとえば、西洋人のヒーローが東洋の女性と安易に恋に落ちるとか）が全然ないところがいい。すごく楽しめる映画だった。

Yさんと私は大満足し、幸福感に包まれてミラノ座を後にした。しかし興奮しすぎたせいなのか、疲労も尋常じゃない。はっ、まさか、エナジーをヴィゴに吸い取られた？　ファンのエナジーを吸い取って養分に代えているから、彼のお肌は中年にあるまじきピッチピチ状態を維持できているの？　そうだとしても本望だ！　ヴィゴ、もっともっと俺のエナジーを吸ってくれ！　そしてそれをフェロモンに変換して、これからも私たちのうえにドバドバふりまいてくれ……！

プレミア試写会の翌日、Yさんは熱が出て倒れたそうだ。知恵熱であろうか。恐るべし、ヴィゴフェロモン。ほとんど凶器、というぐらい、危険な魅力なのである。

涙でかすむホワイト・タワー

最後はもう、これ以外に話題はない！

五郎ちゃーん！！！！

ドラマ『白い巨塔』についてである。どんなに忙しくてもビデオに録画して毎回鑑賞し、原作を全巻買って不眠不休で読みふけりと、半年間にわたって私を夢中にさせてきた『白い巨塔』が、ついに最終回を迎えた。

なんつうの……もう、つっこみどころがありすぎて、私は号泣しながらも、どうしていいのかわからなかった。

関口弁護士！　佐枝子《さえこ》に告白するなら、ヒゲを剃《そ》ってからにしたまえ！　わたしは断じて、きみみたいな無頼漢をうちの婿《むこ》になど認めぬぞ！（東《あずま》教授になりきって、甘《あま》酸《ず》っぱいムードに抗議する私）

えええ、どういうこと!?　五郎ちゃんの臨終の場で、「二人きりにしてあげよう」

と妻さえも病室の外に追い出して、里見先生にだけ看取《みと》らせちゃうの？　五郎ちゃんの遺書も、原作では大河内教授宛《あて》の「申し送り」的色合いが強かったのに対し、ドラマでは里見先生への私信っぽい。このラブラブぶりはなんとしたこと？　二人は公認の仲なのか？

私の母は、「財前五郎が死んで終わる」という展開に最後まで確信を持てずにいたらしく、最終回ももう半分ぐらい進んだ段階で、「五郎ちゃんは本当に死んじゃうの!?」と私に確認を取ってきた。いまさらなに言ってんだ、あんた。最終回のタイトルは「財前死す」だろ。テンポがどうもずれてるひとが隣にいると、感興がそがれることはなはだしいのであった。

ドラマを見終わった母は、ちり紙で鼻をヂンヂンかみながら、「『医者の不養生』ってのはこのことねえ」と言った。そりゃそうかもしれないけど、え、このドラマって、そういうお話だったの？　私はビービー泣きながら、「その要約はなんかちがう！」と、母に対して激しく抗議したのだった。

さまざまな物思いは過ぎれども、涙、涙の最終回。ちっとも古びることのない原作の偉大さ、それをうまくまとめあげた脚本の素晴らしさ、そしてなによりも、魂のこもった熱演を見せた役者たちの底力に、私は大満足した。

『白い巨塔』に出ていた役者の演技は、「自然体」などともてはやされがちな「さりげない演技」とは、百八十度違う方法に立脚していたと思う。だいたい、「自然体」で演じようと思っても無理なセリフのオンパレードだった。「黙りたまえ、柳原君！」とか言っちゃうのだから。現実で「〜たまえ」なんて言い回しを使う人に、私は未《いま》だ遭遇したことがない。

この、「現代口語」と言い切るにはちょっと時代がかったセリフまわしに、血肉を通わせて説得力をもたせるには、ものすごい演技力と役への理解力が求められることだろうと推察する。私は『白い巨塔』ではじめて、「涙に詰まって、うまくセリフを言えない役者」というのを見た。これが入魂、これがリアリティというものなのか……！

テレビ画面の中にいたのは、もはや「役者」でも「役柄」でもなく、「財前五郎」（その他、もろもろの登場人物たち）という生身の人間だったのだ。演技によって役に魂が吹きこまれる瞬間を目撃できて、無上の喜びを感じる。木曜の夜に外出の予定を極力入れないようにした半年間は、無駄ではなかったなあ。

このドラマを見ると、きっとだれでも、「財前君と里見先生なら、どっちとつきあいたいか」を一度は考えてみると思うのだが（え、考えない？）、私は断然、財前君に軍配を揚げる。財前君のことを、散々「イヤなやつ」と言ってきたが、しかし実はすごく好みなのだ。野心まんまんなところも、肝心なときに詰めが甘いところも、「困るね、きみ」なんて言いつつ女性に振り回されてご満悦なところも、なかなかよろしい。

対するに、里見先生はどうか。最終回の一回前に、佐枝子お嬢さまはついに里見先生に告白した。そしたら里見先生ったら、「はっ」と「腹が痛かったことに初めて気づいたような顔」をし、「あなたは妻の友だちです」と、これ以上なくきっぱり言って、逃げ去ってしまったのだ！　ちょっと待てよ。そんな暗い川べりに、かわいい女の子を一人残していくなよ。夜道は危ないから、せめて佐枝子さんを家まで送ってあげて、お願い。ま、自宅に訪ねてきた里見先生を、佐枝子さんが見送りに出た途中だったんだから、しょうがないけど。

ささささ里見先生のニブチン！　唐変木！

私はハンケチを嚙《か》み切る勢いで、佐枝子お嬢さまに同情したのだった。里見先生の崇高な精神が、私はどうも苦手だ。飲んでも飲んでも渇きを覚える水のような、むなしさを感じずにはいられない。

里見先生が、自分の妻への愛情のために、佐枝子さんの告白を退けたのかというと、決してそうではないはずだ。里見先生にとっての「妻」というのは、愛や執着ではなく、「早いもの順で埋まる座席」のようなものであって、「もう僕には妻がいるから、ごめんね」ってだけのことなのだ。それなら、「欲しいものは欲しいもんね」と、差しだされたものは両手で鷲掴《わしづか》みにしようとする財前君のほうが、愛するに足る人物のように私には思える。

このときも一緒にテレビを見ていた母は、「なんで佐枝子じゃダメなんだ〜。だれがどう考えたって、水野真紀より矢田亜希子のほうがいいだろ〜（そういう問題ではない）」と憤《いきどお》る私に、「でも、里見先生みたいにきっぱり言えるのって、偉いわよ。これが男の優しさってものじゃないかしらねえ」と言った。そうかしらねえ。あれが優しさなのだとしたら、優しさとはなんと退屈なものなのだろうか。いや、私もホントはわかってる。共に暮らしていくのなら、里見先生のような人を選べば間違いはないのだ、と。だけど、つまらないよな……。

佐枝子さんを振り切って家に帰った里見先生はきっと、「僕も佐枝子さんのことは憎からず思っていた。いやむしろ、積極的にラブだった。しかし、僕はその誘惑に屈するわけにはいかなかったのだ」などと、出迎えた妻や、眠ってる息子を見ながら、若干の満足を覚えつつ考えたに違いないのだ。その「満足」の内訳は、「俺も久方ぶりに恋の高揚感を味わった」二割、「苦しみつつも、無事に誘惑を乗り越え、道を踏み外さなかった人格者な俺」八割、といったところだろうか。そのうえ、ほぼ断言できると思うのだが、里見先生は近日中（もしかすると告白のあったその夜）に妻とニャンニャンし、最中に浮かぶ佐枝子さんの面影を必死に振り払ったに違いないのだ。くぅぅ、腹立つやっちゃなあ、里見！　あんたは卑怯者《ひきょうもの》だ！

なんで私、勝手に里見先生の内心をシミュレーションして、こんなに怒ってるんだ？

結局、里見先生の偽善的な潔白さに、ちょっと自分のありように通じるものを感じるから、私は彼が嫌いなのだろう。ああ、恐るべし『白い巨塔』！　どの登場人物について考えても、それがいつのまにか、「自分自身を考える」ことになってしまう。すべての登場人物に、ドラマを見、原作を読む「私自身」の姿が、確実に投影されているのだ。この世に存在するどんな感情も、どんな性格も、ぬかりなくちりばめられた物語。たとえるなら、「フロントガラス周辺に十五個ぐらいサイドミラーとバックミラーが取りつけられた、死角のない乗り合いバス」ってところだろうか。

財前君に会えないこれからの木曜を、いったいどう過ごせばいいんだろう。ドラマが終わってしまって虚脱していたら、「来週は『白い巨塔　スペシャル版』が放映されるヨ」という予告が流れた。うわーい！　それにしても、視聴者の虚脱感すら見透かして、すかさず次の一手を打ってくるとは……。どこまでぬかりがないのだ、『白い巨塔』！

なげやり人生相談

あばよ（☝単刀直入に、なげやりな挨拶《あいさつ》）。「なげやり相談所」は、惜しまれつつもこれにて閉鎖です。我が貧弱な人生経験をすべて総動員させて、最後のご相談にも誠心誠意回答しちゃうぜ。みんな、さびしいのはわかるが、そんなに泣いてくれるなよ。俺の涙腺《るいせん》もゆるんじまうだろ。ぐしっ。

【相談　その六】方向オンチなんです。

【お答え】私もです。経験を総動員させるまでもなかったな。昨日も道に迷ったところだ。それも、二十年近く住んでる町の駅前で。

市役所で用事をすませた私は、次に銀行へ行こうとした。銀行と市役所は、直線距離でたぶん百メートルも離れていないと思う。方向感覚だけじゃなく、距離感覚にも致命的な深手を負ってる身なので、あまり確信をもって「何メートル」って言えないが。とにかく近いし、市役所も銀行も、数えきれないほど行ったことのある場所なのだ。

ところが、たどりつけない。私が頭の中で、「市役所から見て、この方角にこれだけ進めば銀行に行き着く」と思って歩いた先に、なぜか銭湯が出現しやがって、もうびっくりだ。

まるで、「あるはずのない銭湯」、「私に断りもなく、銀行がいつのまにか銭湯に変わってた」みたいな物言いだけど、もちろん、その銭湯のこともよく知ってます。なんたって地元だから。

市役所と銀行と銭湯の位置関係を、新宿駅前に置き換えてたとえてみると、市役所が西武新宿駅なら、銀行がアルタで、銭湯は紀伊國屋《きのくにや》本店裏の漫画館って感じ。目的地より大幅に横にずれている。ちなみに、「横」とか「縦」とかで地理を把握しようとするのが、方向オンチなひとの特徴だそうです。

今回の敗因は、「こっちのほうが近そうだな」と、大通りじゃなくて中の道を選んじゃったことだ。方向オンチを自覚しているなら、近道をしたいなんて野心は潔《いさぎよ》く捨てましょう。

あとがき――「早乙女《さおとめ》君、そうなげやりになるな」

というわけで、本編は終了いたしました。

よくもまあ、漫画読んだりライブ行ったり雲の上の遠い人（ヴィゴ）にキャーキャー言ったりで、これだけの量を書けたもんだなと、我ながら感心する。どうせだったら、もっと大きいこと（例：ニュージーランドへ行ってホビット庄を探す、など）に取り組んでみたらいいのに、と思わなくもないが、部屋で心ゆくまでだらだらしているのが好きなので、どうも話題が身のまわりのことに終始してしまう。

私が好きな言葉の一つは、「立って半畳、寝て一畳」だ。自分を清貧だと言ってるわけではなく、それぐらい動かないでいたい、と言いたいのである。

私の日常に訪れる輝ける喜びは、漫画を読む時間だ。

「きみがいなければ世界は暗黒」みたいな歌詞があるが、その気持ち、よくわかりますぞ！　基本的に、甘ったれたラブソングを聞くと条件反射で鼻○ソを飛ばしたくなるのだが、たしかに漫画がなかったら私の世界は暗黒だ。私にとって、「きみ」とは「漫画」なのである。

もうずっと、恋をしている（漫画に）。会える日（漫画の発売予定日）には手帳に赤ペンでチェックを入れて、前夜から「何時のバスで町に出るか」を仔細《しさい》にシミュレーション。待ち合わせ場所（本屋）に駆けこんで、あなたの手を取る（ていうか、目当ての漫画を手に取る）瞬間のトキメキといったら……！　もう人目なんて気にしていられない。往来だってことも忘れて、あなたとの逢瀬《おうせ》に夢中になってしまうの（つまり辛抱しきれず、買ったばかりの漫画を道ばたで読む）。

ああ、私をこんなはしたない女にしてしまうなんて、あなた、罪なひと……！

さきほど編集さんと会ったのだが、

「どうしたんですかー、疲れてますねー」

とズバリと指摘されてしまった。

そうなのです。私はいま、ぬけがらなのです。

なぜかと言うに、引っ越しが全然進まないからだ。仕事道具であるパソコンさえも、まだ移動できていない。引っ越し先の部屋には、ホームセンターで千九百円で買ったちゃぶ台が、ぽつんと置いてあるばかり。それと、観葉植物のパキラ君と、小さな盆栽が二鉢。

毎日、植物に水をやるためにだけ新居に行き、ちゃぶ台に向かって漫画を片手にもそもそとご飯を食べ、それから、元々住んでいた家に戻って仕事している。

なんなのだ、この根無し草っぽいさびしさは。早く一カ所に落ち着いて生活したい。

流《る》浪《ろう》する人物の物語、という系譜がある。たとえば、『ポーの一族』のエドガーとアランとか。『楽しいムーミン一家』のスナフキンとか。

彼らの孤高の精神と、そこはかとなく漂う哀愁にはとても憧《あこが》れたものだが、私は自分が流浪には向いていないことに、早くから気づいていた。

いつでもどこでも眠れるし、食べ物に好き嫌いはない。五日ぐらい顔を洗わないことだって、ざらにある。それでも、私は流浪はできないのだ。どこか一つ、毎晩帰る場所を決めておかないと、不安でたまらない。

そこで待っているのが、物言わぬ植物だけでも、それはべつにかまわないのだ。私が必要としているのは、自分のものだと認定された空間だ。空き地に放置された土管でもいい。まずはそこに落ち着いて、それからそろそろと周囲の様子をうかがうのが、性に合っている。

私がアロエだとすると、スナフキンはたんぽぽの綿毛だ。私がヤドカリだとすると、スナフキンは空を飛ぶカモメだ。私が灯台のない港だとすると、スナフキンは羅針盤のない船だ。

最後の比喩《ひゆ》は、ちょっとかっこよかったな。

つまり、あてどなくさまようスナフキンと、ひたすら一つの場所に居続けたいと願う私は、悲しいかな、お互いの存在を知らぬままに暮らしていくしかない、ということを言いたかったのだ。

私は、身のまわりに起きた楽しいことやおかしなことを、エッセイとして書きとめる。どこかをさすらうスナフキンのことは、小説として表現する。スナフキンは、暗《くら》闇《やみ》に浮かぶたくさんの窓の明かりを見て、そこに暮らすひとについて想像することがあるかしら。明かりの下で、スナフキンの旅路について思いを馳《は》せている者がいると、想像することがあるかしら。などと考えながら。

うわあ、すごく美しくまとまった。どなたか、「スナフキンは実在してないから。目を覚ませ」とツッコミを入れてやってください。

ま、スナフキンってのはあくまでたとえだが、以上のような感じで、エッセイと小説を書き分けているのです。よく、「エッセイと小説とで、たまに全然人格が違いますね」と言われることがあるので、自分を分析してみた。

　とか言って、実は人格が違うのは当然なのだ。「三浦しをん」というのは、エッセイ担当の「みうら氏」と、小説担当の「をん」からなるユニット名なのだ。うそだ。二人いれば、もうちょっと仕事がはかどるかもしれないのに、というはかない夢である。二人いればいたで、それぞれが今の倍ずつだらだらしちゃって、結局ダメなような気もするが。

　長いなあ、このあとがき。もう書くことがない。だってぬけがらだもん。燃えつきたぜ、真っ白な灰にな、だもん。

なげやりだ、見事になげやりな態度だ。

　そういえば、漫画とか映画とかで、「ちぃっ、肋骨《ろっこつ》が折れたか……！」と内心で言いながら、それでもドカバキとひとを殴ったり、転がりながら銃を乱射したりするシーンがある。あれって、本当に可能なんだろうか。

　本文中にも書いたように、私の母は腕の骨を折ったのだが、それだけでもう、死にそうに痛がっていた。入院中もしばらくは、トイレまで歩くのさえ「瀕死《ひんし》」って感じでよろよろと壁を伝っていた。

弟も私も骨折したことがなく、しかし漫画や映画では「肋骨が二、三本折れてもアクションしつづけるヒーロー」が描かれているので、母の態度がどうもおおげさなように思えてならなかった。

「『ベルセルク』（三浦建太郎・白泉社）のガッツなんて、腕が引きちぎれても剣をふるっていたけどな」

「まあ、ガッツはすごい筋肉だしね。ところで私、若村〇由美の結婚相手がテレビに映るたびに、どこかで見た顔だなあと思ってたんだけど、『ベルセルク』に彼によく似た怪物が出てこない？」

「出てくるなぁ。だけどブタさん、その発言はいろいろまずいだろ」

「そうかしらねえ」

「そうだよ」

というわけで（？）、はたして骨折はどのぐらい痛いのか、母に尋ねてみた。母は、

「子どもを生んだときよりも痛かった」

と言った。

「いまの答えで、どの程度の痛みかわかった？」

と私は弟に聞いた。

「わかるわけねえだろ」

と弟は言った。

私はこれまで、走り回りながら出産したひとの話は聞いたことがない。その出産以上に痛いということは、骨が折れてんのにひとを殴ったり銃を乱射したりするのは無理だ、と結論づけられるのではあるまいか。少なくとも、対拷問《ごうもん》訓練などを受けていない素人《しろうと》は、骨折したのに元気に動きつづけることなど不可能だと思われる。ヒーローは、出産以上の痛みに耐えてこそヒーローなんだな、とわかってすっきりした。

いったいなんの話になっちゃったんだ。よくわからないまま、あとがきが終わる。

読んでくださって、どうもありがとうございました。

帰ってきたなげやり人生相談
文庫版あとがきにかえて

ぎゃー（☝いま、すごくリアルなゴキ○リが出てくる夢を見ちゃったよ、助けてー！　と言いたいけど悲鳴にしかならなかった挨拶《あいさつ》）

　ここまで読んでくださったみんな、スパシーバ！　単行本も持ってるけど文庫も買ったぜ、というみんな、グラッチェ、グラッチェ！　なに、文庫も単行本もひとに借りた、もしくは本屋さんで立ち読み？　……そういうみんなも、メルシィ・ボクー（ちょっとアンニュイに）。

　とにかく、お手に取ってくださったみなさま、どうもありがとうございます。少しでもお楽しみいただけたなら幸いです。

　好評の声に後押しされ、文庫巻末に「なげやり人生相談」が帰ってまいりました。「好評の声」といっても、むろん私にしか聞こえぬ声なのだがな。それってつまり幻聴？　いつでも宇宙からの電波を受信中です。

「感度良好だなあ、おまえのアンテナ」

「いやっ、恥ずかしい。そういう言葉責めはやめてっていつも言ってるのに、意地悪！」

【相談】まえから薄々気づいていたのですが、どんな単語を聞いてもわりとすぐにエッチな方面に想像の翼が広がっちゃうんです。これって中学生男子みたいじゃないですか？

【お答え】中学生男子が怒りますよ。そういうのは変態というのです。想像力の無駄遣いをするのは即刻やめるようにしてください。

無理です。

ところで最近、酔うと呂律《ろれつ》がまわらなくなってきた。以前は、「ぶひょー、おれらってがんぶぁっれるんれすよ（部長ー、俺だって頑張ってるんですよ）」「わーっれる、わーっれる。きみはよひゅやっれふよ（わかってる、わかってる。きみはよくやってるよ）」などと言いながら千鳥足で新橋駅付近を歩いているサラリーマンを見かけるたび、「大丈夫か？」と心配になったものだが、いまでは私も仲間入りだ。このあいだなんて、『花より男子』（神尾葉子・集英社）の話をしようとして「はらほりらんぎょ」と言ってしまった。「腹掘り乱魚」？　牛の腹すら食いちぎる、熱帯に棲息《せいそく》する獰猛《どうもう》な魚の話か？

寄る年波とはおそろしいものだ。筋肉痛ばかりか二日酔いまでもが、翌々日ぐらいに襲来するようになった。そのころには前々日に痛飲したことなど忘れてしまっているから（記憶力にも問題が発生しつつあるのだ）、「なんだか胃がむかむかして、声もしゃがれている（酔っぱらってしゃべりすぎたせい）。もしかして風邪？」などと、とんちんかんなことを考えてネギを首に巻いたりする。

嘘《うそ》だ。ネギを首に巻いたことはない。あと、酔っぱらったサラリーマンがネクタイを額に巻いているところも、実際には見たことがない。どうしてドラマなどでは、「酔っぱらい」の象徴として「ネクタイを額に巻く」という表現が行われているのだろうか。

たぶんハチマキと同じところから出てきた風習なのだと思うが、考えてみれば不思議だ。運動会に臨むチビッコも、酔っぱらったサラリーマンも、病気療養中の殿さまも、敵陣に突撃する武士も、「なにか（敵や酔いや病）に打ち勝ちたいひと」は総じて、額に布を巻くことになっているらしい。どうしてだ？　民俗学などでは、この問題に対してとうに答えが出ているのかもしれない。研究論文がないか、調べてみなければ。

習慣として多くのひとがなんとなく受け入れているのだが、よく考えると妙だ、ということはたくさんある。次の質問は、うちの近所の料理屋さんの大将夫妻から寄せられたものだ。

【相談】「だまされたと思って食べてみて」と言いますが、だまされたと思って食べるひとなんかいるでしょうか。俺だったら、そんなもんは絶対に食べない！　いったいいつごろから発明された言いまわしなのか、中学生のときからずっとずっと気になってたまりません。

【お答え】　たしかに。いままで、なんとなく納得して食べちゃってましたが、冷静になってみると変な勧め方ですね。似た類の言いまわしに、「犬に嚙《か》まれたと思って云々《うんぬん》」というのがありますが、私はあれを聞くたび、「犬に嚙まれたいやつがいるか、ばか！」と憤激がこみあげます。

全然答えにならなかった。「だまされたと思って食べてみて」の発生源をご存じのかた、ご一報ください。ちなみに犬に嚙まれると、当然だが本当に痛い。本気で嚙んでくるときの犬の牙《きば》は、研ぎ澄まされた工業用のダイヤモンドカッターにも匹敵すると個人的には思う。私はよく犬に噛まれるのだ。これまでに五回ぐらい、道行く犬や友人の飼い犬にドバドバと血が出るほど噛まれた。親愛の情を示しながら近づいてくるというのに、なぜだ。近づきかたが不審なのだろうか。ムッ○ロウさん、助けてー！

【相談】　助けてー、で思い出しましたが、最前、夢に出てきたゴキ○リ。あのリアルさはなんだったのでしょうか。足に生えた毛みたいなものまで、至近距離でまざまざと見えたのです。「ぶおっ」と驚きの声を上げて目を覚まし、本物がどこかにひそんでいるのではないかと、思わずあたりを見まわしてしまいました。

【お答え】　それはたぶん、夢ではありません。本当にいると思いますよ、あなたの部屋には。さっさと掃除をしてください。

ゴキ○リに対峙《たいじ》し、遺憾ながら殺生《せっしょう》の禁を解かざるをえないとき、私はやつらの姿をまじまじと見ることなど決してしない。むしろできるかぎり、やつらを視界に入れぬよう心がけつつ丸めた新聞紙を振るう、という荒技を駆使している。丸めた新聞紙がヒットしたことでやつらが死んだのか、「ここで撃ち獲らなければ安眠できん！」

という我が理力（by『スター・ウォーズ』）によってやつらが死んだのか、自分でもしかとはわからないほど直視していない。

にもかかわらず、ゴキ〇リの形状を細部に至るまで覚えていたらしい私の脳みそ。バッターボックスに立った一流の野球選手の目には、ボールが止まって見えると言う。極度の緊張と集中がそのような奇跡を起こすのだと思うが、ゴキ〇リと相対するときの私にも、同じ現象が生じていたようだ。May the Forth be with you! 俺の理力に乾杯だ。見てないようで、見ていたのだなあ。

これはたとえて言えば（もう野球選手の比喩《ひゆ》を出したが、しつこくべつのものにもたとえて言う）、一目惚《ひとめぼ》れ。六条院で女三の宮の姿を垣間見《かいまみ》た柏木《かしわぎ》が恋の病にかかり、彼女の姿を忘れようと思っても忘れられなくなったようなものだ！　典雅に『源氏物語』から例を引っぱってきてみたが、私の場合、相手はゴキ〇リですけどもね、ええ、ええ。May the Forth be with you!　それはもういいって。

【相談】　こんなことばかり書いてると、「ほんとにアホなことしか考えてないんだなあ」と思われてしまいそうで、にわかに不安に襲われたのですが……。

【お答え】　ほんとにアホなことしか考えてないんだから、しかたないです。諦《あきら》めましょう。

あー、長いな、このあとがき。というようなことを、単行本のときのあとがきにも書いた覚えがあるが、変わり映えのしない生活なので、文庫版あとがきで特につけくわえたい話題も思いつけず困惑しきりだ。報告すべきことといえば、ここ半年で好きな男が二人も結婚し(両者とも、二次元半の遠い存在=芸能人だが)、おかげで体重が三キロも増えてしまったってことぐらいか。おのれが結婚したわけでもないのに、幸せ太りしてどうするつもりだ!

失恋のストレスでしょうかね。「え、恋だったの?」という声が聞こえるが、それはさておき。恋にうつつを抜かしているあいだは、体重も高値ながら一応は安定させておくだけの気力があったってことでしょうかね。「え、恋だったの?」という声が聞こえるが、それはさておき。

【相談】 もしかして人類は、結婚するのがあたりまえなんですか?

【お答え】 それについて考えるのは、そろそろ放棄したほうがいいのではないですか。あなたの場合、考えるならむしろ、「自分は本当に人類なのか」というところからはじめたらいかがかと思います。

もうちょっと親身になって答えてくれたっていいのに！　自作自演しておきながら、いま真剣に回答者（私）に対して殺意が芽生えた。ええい、「帰ってきたなげやり人生相談」は、これにて終了だ！

文庫のカバーイラストは、今回も松苗あけみさんが描いてくださいました。本当にどうもありがとうございます。単行本発行の際にお世話になったみなさまにも、改めて御礼申し上げます。

それでは、またどこかでお会いできることを願いつつ。

どうもありがとうございました。

二〇〇八年六月

三浦しをん

この作品は二〇〇四年七月太田出版より刊行された。

三浦しをん著
格闘する者に○《まる》
漫画編集者になりたい――就職戦線で知る、世間の荒波と仰天の実態。妄想力全開で描く格闘の日々。才気あふれる小説デビュー作。

三浦しをん著
しをんのしおり
気分は乙女？　妄想は炸裂！　色恋だけじゃ、ものたりない！　なぜだかおかしな日常がドラマチックに展開する、ミラクルエッセイ。

三浦しをん著
人生激場
世間を騒がせるワイドショー的ネタも、なぜかシュールに読みとってしまうしをん的視線。乙女心の複雑パワー、妄想全開のエッセイ。

三浦しをん著
秘密の花園
それぞれに「秘めごと」を抱える三人の女子高生。「私」が求めたことは――痛みを知ってなお輝く強靭な魂を描く、記念碑的青春小説。

三浦しをん著
私が語りはじめた彼は
大学教授・村川融をめぐる女、男、妻、娘、息子……それぞれの「私」は彼に何を求めたのか。人間関係の危うさをあぶり出す、連作長編。

三浦しをん著
夢のような幸福
物語の萌芽にも似て脳内妄想はふくらむばかり。読書漫画映画旅行家族趣味嗜好――濃厚風味の日常エッセイは、癖になる味わいです。

乙《おと》女《め》なげやり

新潮文庫　み－34－7

平成二十年九月一日発行
令和六年四月五日七刷

著者　三《み》浦《うら》しをん

発行者　佐藤隆信

発行所　株式会社新潮社

郵便番号　一六二―八七一一
東京都新宿区矢来町七一
電話　編集部(〇三)三二六六―五四四〇
　　　読者係(〇三)三二六六―五一一一
https://www.shinchosha.co.jp

価格はカバーに表示してあります。

乱丁・落丁本は、ご面倒ですが小社読者係宛ご送付ください。送料小社負担にてお取替えいたします。

印刷・錦明印刷株式会社　製本・株式会社植木製本所

© Shion Miura 2004 Printed in Japan

ISBN978-4-10-116757-2 C0195